A

Die großen Romane
Band 14

»Scott Fitzgerald schrieb sich einmal ins Stammbuch: ›Character is action‹, sprich, die Handlungen einer Romangestalt erzählen mehr über sie als lange Charakterisierungen. Er wäre an diesem Buch Simenons verzweifelt, denn hier ist es nicht Action, sondern die absolute Indolenz, die den Helden Dupuche auszeichnet. Er versinkt einfach. Aber während man ihm dabei zusieht, versinken einem selbst alle Gewissheiten darüber, ob die Rettung, die er in den Wind zu schlagen scheint, all die verlogenen Konventionen eines bürgerlichen Erfolgs, denn tatsächlich erstrebenswert wären. Und das ist das wahre Skandalon des Buches.«

Michael Kleeberg im Nachwort

Georges Simenon, geboren 1903 im belgischen Lüttich, gestorben 1989 in Lausanne, gilt als der »meistgelesene, meistübersetzte, meistverfilmte, mit einem Wort: der erfolgreichste Schriftsteller des 20. Jahrhunderts« (*Die Zeit*). Seine erstaunliche literarische Produktivität (75 Maigret-Romane, über 117 weitere Romane), viele Ortswechsel, zwei Ehen und unzählige Frauen bestimmten sein Leben. Rastlos bereiste er die Welt, immer auf der Suche nach dem, »was bei allen Menschen gleich ist«. Das macht seine Bücher bis heute so zeitlos.

Georges Simenon

Die Schwarze von Panama

Roman

Aus dem Französischen
von Ursula Vogel

Mit einem Nachwort
von Michael Kleeberg

Atlantik

Die französische Originalausgabe erschien 1935 unter dem Titel
Quartier nègre im Verlag Gallimard, Paris.
Die deutsche Erstausgabe erschien 1986 im
Diogenes Verlag, Zürich.
Die Übersetzung wurde für die
vorliegende Ausgabe überarbeitet.

Atlantik Bücher erscheinen im
Hoffmann und Campe Verlag, Hamburg.

1. Auflage 2019
Copyright © 1935 by Georges Simenon Limited
GEORGES SIMENON ® Simenon.tm
All rights reserved
Copyright für die deutsche Übersetzung © 1986
by Diogenes Verlag AG, Zürich
Copyright für die deutschen Rechte © 2018
by Kampa Verlag AG, Zürich
Copyright für diese Ausgabe © 2019
by Hoffmann und Campe Verlag, Hamburg
www.hoffmann-und-campe.de   www.atlantik-verlag.de
Umschlaggestaltung: Rothfos & Gabler, Hamburg
Umschlagmotiv: © plainpicture/Mato/Beniamino Pisati
Satz: Pinkuin Satz und Datentechnik, Berlin
Gesetzt aus der Stempel Garamond und der Ano
Druck und Bindung: GGP Media GmbH, Pößneck
Printed in Germany
ISBN 978-3-455-00690-2

HOFFMANN
UND CAMPE

Ein Unternehmen der
GANSKE VERLAGSGRUPPE

1

Da sind ja nur Neger zu sehen«, hatte Germaine geflüstert, während das Schiff in den Hafen einlief. Sie hatten hoch oben auf dem Promenadendeck gestanden und auf den allmählich näher rückenden Kai geblickt, wo zwei Kolonnen von schwarzen Dockarbeitern warteten.

Ein wenig unsicher hatte ihr Mann geflüstert:

»Ja, natürlich!«

Wieso natürlich? Schließlich fuhren sie gerade in den Panamakanal ein, befanden sich also in Mittelamerika. Hätten sie nicht eher Indios sehen müssen?

Das war jetzt zwei Stunden her, und es hatte noch weitere Gelegenheiten zum Staunen gegeben. Sie trugen beide weiße Leinenkleidung und einen Tropenhelm. Dupuche, der besser Englisch sprach als seine Frau, hatte sich mit einem Schwarzen geeinigt, der sich ihres Gepäcks angenommen und ihm einen Zettel mit einer Nummer ausgehändigt hatte.

»Washington Hotel?«, hatte er gemurmelt.

»Yes«, hatte Dupuche verblüfft geantwortet, denn dort wollte er tatsächlich absteigen.

Diejenigen Passagiere der Ville-de-Verdun, deren Reiseziel Tahiti war, hatten es eilig, an Land zu gehen, denn die Zwischenlandung sollte nur drei Stunden dauern, dann würde das Schiff den Panamakanal passieren. Das Ehepaar Dupuche stand ihnen im Weg.

»Bleiben Sie lange in Cristobal?«

»Unser Schiff kommt in zwei Tagen ...«

»Viel Glück!«

Alles mutete fremdländisch an, vor allem die Sonne, aber auch die Uniformen der Zollbeamten, der Verkehrspolizisten, der amerikanischen Soldaten, die den Hafen und die anliegenden Straßen bewachten. Neger stellten sich einem in den Weg, um einen in ihre Autos zu locken, doch Germaines Wahl fiel auf einen Einspänner mit einem weißen Verdeck, an dem Vorhangtroddeln baumelten.

»Hast du auch deine Schlüssel nicht vergessen? Der Maître d'hôtel hat sich nicht zu seinem Trinkgeld geäußert? Schau mal, Madame Rocher ...«

Sie beugten sich aus dem Wagen, um sich von Madame Rocher zu verabschieden, die zu ihrem Mann auf die Hebriden reiste. Sie blickten neugierig umher, versuchten sich mit der neuen Umgebung vertraut zu machen.

»Zum Washington Hotel?«, hatte der schwarze Kutscher gefragt.

Als Erstes kamen sie durch eine schöne, von Palmen überschattete Allee, die von den prächtigen Gebäuden der Schifffahrtsgesellschaften flankiert wurde.

»Die Post dürfen wir nicht vergessen ...«

Eine breite, sonnige Straße, die an den Bahngleisen entlangführte. Warenhäuser, Andenkenläden und an jeder Tür Levantiner, die den Touristen etwas verkaufen wollten.

Endlich erblickten sie inmitten eines mit Kokospalmen bepflanzten Parks das Washington Hotel: eine Freitreppe,

Kolonnaden, eine riesige kühle Lobby, weiß gekleidete Boys, ein Angestellter in Smokingjacke, an den Dupuche sich auf Englisch wandte.

Ihr Gepäck war bereits eingetroffen, und zwei Minuten später machten sich die Eheleute in ihrem Zimmer zu schaffen, inspizierten das Bad, öffneten Fenster und Wandschränke.

Dupuche wagte nicht, seiner Frau zu gestehen, dass die Suite zehn Dollar pro Tag kostete. Was machte das schon? Ein paar Dollar mehr oder weniger, darauf kam es doch gar nicht an. In der Hotelhalle hatten sie höhere amerikanische Offiziere wahrgenommen. Der Speisesaal war geräumig, und im Park schimmerte ein marmornes Schwimmbecken.

»Heute Abend gehen wir zum Baden«, entschied Germaine. »Jetzt müssen wir rasch zur Bank ...«

Dupuche ließ sein Jackett im Hotel zurück, denn draußen war es dafür zu heiß. Der Boy machte Anstalten, einen Wagen herbeizuwinken.

»Nein, wir gehen zu Fuß ...«

Sie wollten die Stadt besichtigen. Es war schon bald Mittag. Sie hatten wohl den falschen Weg eingeschlagen, denn schon nach ganz kurzer Zeit befanden sie sich in einer tristen, schmutzigen Gegend mit Holzhäusern. Auf den Gehsteigen wimmelte es von Schwarzen. Die Sonne stand senkrecht. Frauen dösten auf den Türschwellen vor sich hin. Germaine rümpfte die Nase über den Gestank und blickte verstört um sich.

»Du solltest nach dem Weg fragen ...«

Nach einer Viertelstunde hatten sie sich zurechtgefunden, und sie erblickten die von Levantinern geführten

Läden, in denen die Passagiere der Ville-de-Verdun um Nippes feilschten.

»Frag nach dem Weg zur Bank, Jo.«

»Ich glaube, das ist der Laden, wo weiße Anzüge besonders preiswert sein sollen ...«

»Erst die Bank!«

»Pardon, Monsieur ... Die New York Chase Bank, *please*?«

»Zweiter Häuserblock links ...«

»Schau mal«, sagte Dupuche, während er seinen Blick über ein schattiges Café schweifen ließ, »hier haben sie sogar noch Pernod aus der Vorkriegszeit! Wenn wir die Bank hinter uns haben, gehen wir einen trinken ...«

Die Bank war nur eine kleine Zweigstelle mit einem einzigen Angestellten. Dupuche reichte ihm einen Kreditbrief über zwanzigtausend Franc. Der andere sah nicht einmal hin.

»Wenden Sie sich an die Agentur in Panama!«

Germaine, die kaum Englisch verstand, begann sich zu beunruhigen.

»Wir sind hier nur eine Wechselstube. Um zwei Uhr fährt ein Zug, mit dem Sie in achtundvierzig Minuten in Panama sind.«

»Komm, Germaine ...«

»Was hat er gesagt?«

»Wir fahren nach Panama, am anderen Ende des Kanals. Aber es bleibt uns genug Zeit, um einen Pernod zu trinken und zu Mittag zu essen.«

Schläfrig saßen sie, alle beide von der Sonne getroffen, im mit Korbsesseln ausgestatteten Eisenbahnabteil. Die

Mitreisenden lasen in der amerikanischen Zeitung. Die Männer trugen angeknöpfte Kragen und Krawatten, nur Dupuche hatte kein Jackett, er war auch der Einzige mit einem Tropenhelm auf dem Kopf.

Zur Linken zog endloses graues Weideland vorbei, zur Rechten erhaschte man mitunter einen Blick auf den Panamakanal, auf dem die Schiffe langsam dahinglitten.

»Mir waren die Karibik-Inseln lieber«, bemerkte Germaine. Sie hatten zwei Tage in Fort-de-France verbracht.

Hier war alles zu zivilisiert. Es gab zu viele amerikanische Soldaten, zu viele Bungalows mit allen Schikanen, zu viele Autos auf den Straßen.

»Hast du deine Brieftasche auch nicht vergessen?«

In Panama ließen sie sich von einem spanischen Mestizen überreden, in seinem offenen Wagen mitzufahren.

»New York Chase Bank!«

Ihre Eindrücke begannen sich zu überlappen. Sie fuhren durch sehr belebte Straßen, in denen sich ein Laden an den anderen reihte, kamen durch eine ruhigere Wohngegend mit Holzhäusern, schließlich erreichten sie ein Viertel, wo es Straßenbahnen, Steingebäude, Autowerkstätten, Klavier- und Radiogeschäfte gab.

Der Wagen hielt auf einem von schönen Bäumen überschatteten Platz vor einer Kirche im spanischen Stil, und der Chauffeur deutete auf die amerikanische Bank an der Straßenecke.

Dupuche trat an einen Schalter, wurde an einen zweiten geschickt, schließlich folgte er einem Schwarzen in ein Büro, wo ihn der Direktor der Agentur empfing und seinen Kreditbrief entgegennahm.

»Die eine Hälfte möchte ich in Franc, die andere in Dollar ausbezahlt haben ...«

Dupuche zeigte seinen Pass vor, um seine Identität zu beglaubigen. Der Yankee blätterte in dem Kreditbrief, griff nach dem Telefonhörer, ließ einen Angestellten kommen. Beide vertieften sich schweigend in das Dokument, hielten es neben ein Überseetelegramm, das auf dem Schreibtisch lag.

»Tut mir leid ...«, sagte der Direktor schließlich, reichte Dupuche den Kreditbrief zurück.

»Sie können mir das Geld heute nicht auszahlen?«

»Ich kann Ihnen überhaupt nichts auszahlen. Die Société Anonyme des Mines de l'Équateur ist in Konkurs gegangen. Unsere Pariser Niederlassung hat mir telegraphiert, dass die Firma zahlungsunfähig ist ...«

»Sie müssen sich täuschen«, rief Dupuche aus. »Das ist völlig ausgeschlossen. Dieser Kreditbrief ist vor kaum einem Monat ausgestellt worden, und zwar von Monsieur Grenier persönlich, dem Verwaltungsratspräsidenten. Ich bin der leitende Ingenieur der S.A.M.É, und ich bin auf dem Weg dorthin, um die Oberaufsicht über die Arbeiten zu übernehmen ...«

»Tut mir leid ...«

»So hören Sie doch! ... Sie müssen nach Paris telegraphieren ... Bestimmt liegt da ein Missverständnis vor ...«

Er war in Schweiß gebadet, seine Knie drohten nachzugeben. Germaine fragte:

»Sagt er, dass er nicht zahlen will?«

Dupuche bedeutete ihr zu schweigen.

»Verstehen Sie doch ... Die Gesellschaft hat mir zehntausend Franc für die Reisekosten bis hierher ausgehändigt. Übermorgen schiffe ich mich auf der Santa-Clara von der Grace Line nach Guayaquil ein ... Ich benötige die zwanzigtausend Franc, sonst ... «

»*Am sorry* ... «

»Tut mir leid«, wiederholte der Amerikaner und öffnete die Bürotür.

»Noch einen Augenblick, bitte! Wenn ich gleich eine Depesche nach Paris aufgebe, wann könnte ich ein Antworttelegramm erwarten?«

»In zwei Tagen.«

Da standen sie auch schon wieder auf dem Gehsteig, und ihr Chauffeur bugsierte sie gleich in den Wagen.

»Stadtrundfahrt?«

Dupuche wurde von Schwindel gepackt.

»Was gedenkst du zu tun?«, fragte Germaine mit gerunzelten Brauen.

»Unseren Botschafter oder Gesandten aufsuchen. Es gibt doch bestimmt einen französischen Gesandten in Panama ... «

»Ja, Monsieur«, ließ sich der Mestize vernehmen, der zugehört hatte.

Er hielt auf einem menschenleeren Platz, vor einem anmutigen, blumengeschmückten Bauwerk. Germaine blieb im Wagen sitzen. Dupuche klingelte, wurde von einem Mulatten empfangen und in ein Büro geführt, wo sich auf einem Tisch alte Zeitschriften stapelten. Er musste eine Viertelstunde warten, denn der Gesandte hielt eben seinen Mittagsschlaf. Schließlich erschien er, aber in Hemdsärmeln.

»Was hat er gesagt?«

»Ich soll telegraphieren, wenn ich unbedingt will. Aber er behauptet, dass sich die amerikanischen Banken nie irren.«

Der Chauffeur wartete auf eine Adresse.

»Was sollen wir nur tun?«

»Trotz allem ein Telegramm aufgeben!«

Darüber vergaß er, seinen Tropenhelm wieder aufzusetzen, den er abgenommen hatte, um sich den Schweiß von der Stirn zu wischen. Der Pernod, den er ohne Zucker getrunken hatte, lag ihm schwer im Magen.

S.A.M.É. PARIS UMGEHEND AUSZAHLUNG KREDIT-
BRIEF VERANLASSEN STOPP AUSLÄUFT SCHIFF
MORGEN STOPP NÄCHSTES SCHIFF IN EINEM MONAT
STOPP DUPUCHE

Das Wort kostete elf Franc, und Dupuche stopfte seine Brieftasche, die nur noch etwa zwölfhundert Franc enthielt, rasch wieder in seine Hosentasche.

Der Fahrer wartete mit gleichmütigem Gesicht, Germaine saß immer noch auf dem Rücksitz.

»Lass uns ein wenig gehen und die Sache besprechen …«

Sie bezahlten die Fahrt und befanden sich nun auf dem Gehsteig einer Geschäftsstraße.

»Was willst du tun?«

»Ich weiß nicht … Die Sache ist mir rätselhaft …«

Es war ihnen nicht einmal mehr bewusst, dass sie in Panama waren, dass es weit und breit nur Holzhäuser gab, dass die Passanten um sie herum Spanisch oder Englisch sprachen. Blicklos, mit leerem, dröhnendem Kopf gingen sie durch die Straßen.

»Wie viel bleibt dir noch?«

»Nicht einmal zwölfhundert Franc … Aber das gibt es doch einfach nicht! Grenier meldet sich bestimmt …«

Er hatte sie beide am Tag nach ihrer Hochzeit in ein Luxusrestaurant an den Champs-Élysées zum Mittagessen eingeladen. Er war ein feiner Kerl. Seine Büros befanden sich in einem neuen Hochhaus an der Rue Berri.

»Freuen Sie sich denn über die Hochzeitsreise, die ich Ihnen spendiere, kleine Madame?«, hatte er Germaine gefragt.

Und er hatte ihr Blumen geschenkt.

»Unser Gepäck ist in Cristobal zurückgeblieben!«, sagte sie.

Ihm aber fiel wieder ein, dass das Zimmer im Washington zehn Dollar pro Tag kostete.

»Wir rufen dort an, sie sollen es uns hierher nachschicken. Es gibt doch sicher billigere Hotels …«

In seiner Verwirrung hatte er nicht auf den Weg geachtet, und plötzlich befanden sie sich in einem Stadtteil, der an das Negerviertel in Cristobal erinnerte, aber größer und düsterer wirkte.

»Wie sind wir hierhergekommen?«, fragte er seine Frau.

»Ich weiß nicht mehr … Hast du nicht aufgepasst?«

Soweit das Auge reichte, sah man nur einstöckige Holzhäuser mit einer Veranda im Obergeschoss. An den Fenstern trocknete Wäsche, die Läden wirkten verfallen, und die Gassen zwischen den Häusern waren kaum einen Meter breit. In den Auslagen häuften sich unbekannte Esswaren, und seltsame Gerüche durchzogen die Luft. Schwarze mit Schaftstiefeln oder Turnschuhen an den Füßen schlenderten an ihnen vorbei, blickten den Fremden in die Augen, vor allem Germaine, die den Kopf senkte.

»Lass uns woandershin gehen!«

»Von Herzen gern … Aber in welche Richtung?«

Immer tiefer gerieten sie in dieses Viertel, das eine Stadt für sich war. Die Straßen wurden noch enger, mehr und mehr Schwarze bevölkerten die Gehsteige.

Sie waren am Ende ihrer Kräfte. Dupuche spürte, dass ihm das Hemd am Rücken klebte. Er hatte nicht einmal sein Jackett dabei. Plötzlich glitt von hinten etwas auf sie zu, sie hörten das Geräusch von Bremsen und erblickten ihren Chauffeur, der seinen Wagen anhielt und sie lächelnd ansah. Er sprach Französisch mit einem leicht spanischen Tonfall.

»Hier dürfen Sie nicht herumlaufen … Soll ich Sie nicht in ein gutes Hotel fahren? Es gibt ein gutes französisches Hotel …«

»Ja! In ein französisches Hotel …«, seufzte Dupuche, dem ein Stein vom Herzen fiel.

Er würde die Sache ins Reine bringen. Alles würde sich aufklären. Ganz unvermittelt befanden sie sich in einer Gegend, die sie nicht weniger überraschte als die anderen Stadtteile, denn hier sah man nur moderne Villen und reiche Gartenanlagen.

»Das Viertel der Gesandtschaften und Konsulate«, erklärte der Fahrer.

Endlich gelangten sie wieder auf den schattigen Platz mit der Kirche, und das Auto hielt vor einer großen weißen Fassade, die eine Aufschrift in goldenen Lettern trug: Hôtel de la Cathédrale.

»Ist kein Gepäck am Bahnhof abzuholen?«

»Nein, danke ...«

»Wenn Sie eine Wagenfahrt machen wollen, brauchen Sie nur nach Pedro zu fragen ... Hier kennt mich jeder.«

Dupuche dankte mit einem kleinen gezwungenen Lächeln.

Er redete überstürzt. Die kleine alte Frau in Schwarz, die an eine Kassiererin in einem Provinzhotel erinnerte, beeindruckte ihn.

»Verstehen Sie ... Übermorgen schiffen wir uns auf der Santa-Clara ein ... Unser Gepäck ist im Washington Hotel in Cristobal zurückgeblieben. Wir erwarten ein Telegramm ...«

»Soll ich Ihr Gepäck nachkommen lassen?«

Die kleine Alte hob den Telefonhörer ab, rief das Washington an, gab Anweisungen in englischer Sprache.

»Um acht Uhr wird es hier sein ...«

Sie rief einen schwarzen Boy herbei, der einen frisch gestärkten Anzug trug.

»Zimmer 67 ...«, sagte sie und reichte ihm den Schlüssel.

Dass sie Franzosen waren, hatte sie nicht weiter gewundert. Sie hatte sie nicht einmal angeblickt. Sie waren ihr gleichgültig. Schweigend folgten sie dem Boy, entdeckten einen fremdartigen Baustil, denn er führte sie in eine Art von Innenhof mit mehreren Stockwerken, den eine Glasdecke überdachte. Ringsherum verliefen Galerien, von denen aus man in die Zimmer gelangte.

Sie nahmen den Aufzug. Der Boy geleitete sie in ein geräumiges Zimmer, wo es wegen der heruntergelassenen Rollläden dunkel war, und verschwand.

Das war alles. Sie waren sich selbst überlassen. Sie begutachteten das Zimmer, den Diwan, die Zwillingsbetten mit kupfernen Gestellen, das Bad …

»Wie viel kostet es?«, wollte Germaine wissen.

»Ich weiß nicht.«

Er hatte nicht gewagt, nach dem Preis zu fragen. Um irgendetwas zu tun, zog er die Rollläden hoch. Sonnenlicht überflutete sie. Vor ihren Augen erstreckte sich der Platz. Er war mit hohen Bäumen bestanden, die an Eukalyptus erinnerten. Auf schattigen Bänken saßen Leute mit Strohhüten, lasen Zeitung oder verfolgten schläfrig das träge Spiel des Lichts.

»Er kann doch nicht in so kurzer Zeit bankrottgegangen sein.«

Dupuche dachte an Grenier, der ihm einen Fünfjahresvertrag als leitender Ingenieur der s.a.m.é: unterzeichnet hatte. Eigentlich hätte er ihm fünfzigtausend Franc für die Reise und die ersten Kosten aushändigen sollen, aber im letzten Augenblick hatte er ihm nur zehntausend gegeben. Grenier hatte gesagt:

»In Panama lösen Sie diesen Kreditbrief ein und den anderen in Guayaquil …«

»Und wenn ich nach Guayaquil telefonieren würde«, sagte Dupuche plötzlich. »Vielleicht sind sie dort zahlungsfähig.«

»Von deinen zwölfhundert Franc wird dir dann nicht viel übrig bleiben!«

Das stimmte allerdings. Er sollte lieber warten. Germaine lag auf dem Bett, sie hatte ihre Schuhe abgestreift. Sie so reglos zu sehen, machte ihn nervös.

»Nein! Hier dürfen wir nicht bleiben ... Wir sollten uns bewegen, unter Leute gehen.«

»Ich bin müde ... Geh doch allein hinunter ...«

Sie wirkte fahl im Gesicht, wie in den ersten Tagen der Überfahrt, als sie seekrank wurde und es nicht zugeben wollte. Es war ihre erste Reise gewesen, denn bisher war sie nur zwischen Paris und Amiens hin- und hergefahren.

Dupuche streifte mit den Lippen ihre Stirn, ohne jede Zärtlichkeit, dazu war er zu bedrückt. Er stieg die Treppe hinunter, irrte eine Weile durch die Hotelhalle.

»Suchen Sie die Bar?«, fragte ihn ein Herr von etwa sechzig bis fünfundsechzig Jahren, der am Empfang stand.

Er trug, wie jedermann hier, einen weißen Anzug, dazu einen Zelluloidkragen und einen schwarzen Schlips.

»Möchten Sie das Anmeldeformular ausfüllen?«

Während Dupuche schrieb, blickte er ihm über die Schulter.

»Ich wäre jede Wette eingegangen, dass Sie aus dem Norden kommen. Ich habe Sie eben mit Madame Colombani reden hören und Ihren Akzent erkannt. Tja, Amiens ... Ich hatte mal Freunde dort, sie waren in der Wollbranche ...«

Der Mann trocknete die Tinte mit einem Löschblatt.

»Möchten Sie etwas trinken?«

Man brauchte nur eine Tür aufzustoßen und gelangte in ein großes leeres Café, wo sich sogleich ein Junge vor Dupuche hinkniete, um ihm die Schuhe zu putzen.

»Was hätten Sie gern?«

»Ich weiß nicht … Einen Pernod …«

Für sich selbst bestellte sein Begleiter ein Bockbier mit Limonade.

»Gedenken Sie, lange in Panama zu bleiben?«

»Übermorgen fahre ich weiter, um meine Stelle anzutreten. Ich bin der neue Direktor der Ecuador-Minen … Der vorige Ingenieur hat Dummheiten gemacht, und Grenier, der Pariser Chef, hat mich damit beauftragt, seine Stelle einzunehmen …«

Sehr rasch stieg ihm der Alkohol zu Kopf, vielleicht wegen der Hitze. Dupuche, der nicht besonders trinkfest war, sah Sonnenstreifen vor seinen Augen flimmern, und das Gesicht seines Begleiters nahm erstaunliche Proportionen an. Es war ein sehr merkwürdiges, schmales und faltiges Gesicht mit winzigen müden Augen, die einen aber mit geradezu peinlicher Eindringlichkeit musterten.

»Nehmen Sie Ihre Frau mit?«

»Ich habe erst drei Tage vor unserer Abreise geheiratet. Wir waren zwei Jahre lang verlobt, eigentlich aber schon seit ich denken kann, denn wir sind in derselben Straße geboren … Kennen Sie Amiens?«

»Früher bin ich einmal dort gewesen …«

»Meine Frau war beim Telefonamt angestellt. Ihre Eltern wollten sie nicht so weit fort lassen … Grenier hat ihnen selbst schreiben müssen – Grenier ist mein Vorgesetzter –, um ihnen zu versichern, dass das Klima in Ecuador sehr gesund ist. Kennen Sie Ecuador?«

»O ja, sehr gut …«

»Guayaquil?«

»Ich habe dort sieben Jahre verbracht.«

Es tat Dupuche wohl, sich auszusprechen, und er bedeutete dem schwarzen Barkeeper, sein Glas nachzufüllen. Mit betonter Lässigkeit warf er dem Jungen, der ihm die Schuhe geputzt hatte, ein paar Münzen zu, doch sein Begleiter rief das Kind zurück, nahm ihm die Hälfte des Geldes ab.

»Man darf sie nicht verwöhnen. Fünfzehn Cent sind mehr als genug.«

Was sollte er noch erzählen?

»Wir sind erst im Washington abgestiegen, in Cristobal ...«

»Kenne ich. Es ist zu teuer.«

»Wir sind als Touristen nach Panama gekommen und möchten jetzt lieber hier bleiben. Unser Gepäck kommt nach ...«

»Um acht Uhr«, sagte der Mann.

Er war ruhig, unnatürlich ruhig. Er machte keine unnötige Bewegung, er sprach leise, ohne sich zu verausgaben.

»Sie sind mit der Ville-de-Verdun gekommen? Sie wird in einer Stunde hier sein. Sie werden Ihre Reisegefährten wiedersehen, denn sie kommen fast alle hierher.«

Dupuche hatte Kopfschmerzen.

»Gibt es viele Franzosen in Panama?«

»Da sind zuerst einmal der Chef und seine Söhne ... Sie kommen aus Korsika. Dann die Brüder Monti, die im Negerviertel ein Café und an der Pferderennbahn einen Ausschank haben ... Es gibt noch ein paar in Cristobal, aber die taugen nicht viel.«

»Stimmt es, dass man hier entlaufene Sträflinge antrifft?«

»Hin und wieder schon, aber sie verhalten sich ruhig ... Hat Ihre Frau sich hingelegt?«

»Ja … Sie ruht sich ein wenig aus.«

Dupuche konnte sich nicht dazu aufraffen, sich von seinem Stuhl zu erheben, und als ihn sein Begleiter für kurze Zeit allein ließ, um zum Empfangsbüro zu gehen, fühlte er sich entsetzlich allein und erwartete voller Angst seine Rückkehr.

»Leben Sie schon lange in diesem Land?«, vermochte er ihn endlich zu fragen.

»Ich bin jetzt seit vierzig Jahren in Südamerika.«

»Darf ich Ihnen etwas zu trinken anbieten?«

»Nein, danke. Je mehr man trinkt, desto schlimmer wird die Hitze …«

Das war richtig. Dupuche war schweißgebadet, aber er hatte immer noch Durst, und nach einigem Zögern bestellte er einen weiteren Pernod, fühlte sich bemüßigt, sich zu entschuldigen.

»In Frankreich ist er verboten … Sie verstehen doch? Dann hat man solche Lust darauf …«

Es war ihm noch nicht in den Sinn gekommen, seiner Mutter eine Postkarte zu schicken, wie er ihr versprochen hatte. Seit er mit dem unbekannten Begleiter in diesem Café saß, erschien ihm die Stadt schon weniger abweisend. Es wunderte ihn bereits nicht mehr, dass die Kathedrale gegenüber aus Holz und nicht aus Stein war. Er fand es auch ganz natürlich, dass der Barkeeper ein Schwarzer war und einen weißen Leinenanzug trug.

Geradezu unglaublich aber schien ihm die Tatsache, dass seine Hochzeit in Amiens, in Saint-Jean, nur drei Wochen zurücklag. Am nächsten Tag hatte in der ›Gazette d'Amiens‹ gestanden:

Unser hochverehrter Landsmann Joseph Dupuche, der nach seinem glänzenden Abschlussexamen an der Ingenieurschule eine Amerikareise antritt, um die französische Trikolore zu verteidigen und ...

... ihm und seiner tapferen jungen Frau wünschen wir ...

Madame Dupuche war mit einer Freundin an die Bahn gekommen, um sich nach seiner Abreise nicht so verlassen zu fühlen. Sie hatte einen Kuchen mitgebracht, doch da sie nicht hungrig waren, hatte ihn Germaine aus der Zugtür geworfen.

Arme Mama ...

Germaines Vater aber hatte ihnen ans Herz gelegt:

»Vergesst nicht, jeden Tag euer Chinin zu nehmen ...«

Er war Postbeamter und hatte seine Tochter im Telefonamt untergebracht. Mit tragischer Miene hatte er seinen Schwiegersohn beiseite genommen und ihm zugeflüstert:

»Ja keine Kinder dort drüben! Wenn ihr zurück seid, ist noch reichlich Zeit ...«

... Das Mittagessen mit Grenier in Paris ... Der Zug nach Marseille ... Die Ville-de-Verdun ... Der Verwalter der Marquesas-Inseln, der sich trotz seines hohen Ranges gleich mit ihnen angefreundet hatte ...

»Ich war der Meinung, die S.A.M.É. sei in Schwierigkeiten ...«, seufzte Dupuches Begleiter. »Sie sind der vierte Direktor innerhalb von zehn Jahren ...«

»Na, so was! Sie kennen die Gesellschaft?«

»Ich weiß über alles Bescheid, was in Südamerika vorgeht. Hören Sie, wir haben hier den Sohn des Besitzers einer großen Kakaoplantage, der jährlich fünf Millionen verdient hat, in Gold, Vorkriegsmillionen … Jetzt bleibt ihm nicht einmal mehr genug Geld, um die Schiffsreise zu bezahlen!«

Dupuche sah, wie sein Chauffeur Pedro mit drei Passagieren der Ville-de-Verdun vorüberfuhr, die die Stadt besichtigten und auf dem Platz anhielten, um die Kathedrale zu fotografieren.

Sie waren dem Ingenieur bereits gleichgültig geworden, da sie ja weiterfuhren und nicht in Panama blieben!

»Ist das Leben hier teuer?«

»Nicht teurer als in Cristobal … Gewiss billiger als im Hotel Washington … Die Vollpension für Sie beide wird Sie nicht mehr als fünfzehn Dollar kosten … Tsé-Tsé wird es Ihnen genau sagen, sobald er zurück ist …«

»Fünfzehn Dollar …«, wiederholte Dupuche, als wäre nichts dabei.

Er hatte noch achtzig Dollar in der Tasche. Zwei Männer betraten das Café.

»Das sind die Brüder Monti, von denen ich Ihnen erzählt habe …«

Sie setzten sich zu ihnen an den Tisch.

»Ein Ingenieur aus Amiens, Monsieur Joseph Dupuche …«

»Angenehm! Sie trinken doch noch etwas mit uns?«

Hier war es ruhig und gemütlich, wie in einem Café tief in der Provinz.

»Ein Picon mit Grenadine …«

»Zwei!«

»Sie sind auf der Ville-de-Verdun gekommen? Der Zahlmeister ist ein Freund von uns …«

Von diesem Moment an verlor Dupuche den Boden

unter den Füßen. Er trank noch etwas. Dann redete er wieder. Er erzählte von seinem Essen mit Grenier, zeigte seinen Vertrag vor, der ihm ein Monatsgehalt von achttausend Franc und eine Gewinnbeteiligung zusicherte. Die anderen waren nicht übermäßig interessiert.

»Ist das nicht die Gesellschaft, die dauernd ihren Direktor wechselt?«, fragte einer der Monti.

Diese Leute wussten einfach alles! Sie sprachen von Guayaquil, als wäre es eine kleine Vorstadt, unterhielten sich ebenso seelenruhig über Peru, Chile, Bogotá und andere Städte, die Dupuche nicht einmal dem Namen nach kannte.

Und dann sprachen sie von mysteriösen Dingen.

»Louis hat Nachricht aus Belgien.«

»Nun, was ist?«

»Sie will nicht kommen ... Er ist wütend ...«

Er blieb bei ihnen sitzen, mit leerem Blick und schwerem Kopf, und man hatte ihm wohl eine Zigarre angeboten, denn als er in sein Zimmer zurückkehrte, steckte eine zwischen seinen Lippen. Germaine schlief mit aufgelöstem Haar, ihr Gesicht glänzte vor Schweiß, ihr Kleid war über ihre Knie hinaufgerutscht, sodass ihre recht schweren Beine mit den kräftigen Fesseln zu sehen waren.

Er ließ sich neben sie aufs Bett fallen. Sie erwachte.

»Hast du Nachricht?«, fragte sie.

»Was für eine Nachricht?«

Sie zog die Brauen zusammen, sagte spitz:

»Du riechst nach Alkohol!«

»Ach was ... Lass mich schlafen.«

»Wo bist du gewesen?«

»Nirgends ... Unten ...«

Er spürte, dass sie nach seiner Brieftasche griff, die Geldscheine zählte.

»Nicht wahr, du hast getrunken?«

»Einen Pernod ... mit einem reizenden Menschen, der uns nützlich sein kann ...«

Seine Stimme stieß förmlich gegen die Silben. Er vermochte die Lider nicht mehr zu heben.

... Guayaquil ... Bogotá ... Buenaventura ... Grand-Louis ...

Er bekam noch mit, dass jemand an die Tür klopfte, dass mit großem Gepolter die Koffer ins Zimmer geschoben wurden.

Germaine flüsterte ihm ins Ohr:

»... Jo ... Hör doch ... Wach doch für einen Moment auf ... Wie viel Trinkgeld soll ich dem Mann geben?«

»Weiß nicht ...«

Er schlief noch, seine Zunge war pelzig, doch plötzlich richtete er sich auf, sah das dunkle Zimmer, die Lichter, die durch das Fenster schimmerten, vernahm das Tsching-ta-ra-ta-ta der Militärmusik.

»Germaine!«, rief er, »Germaine ...«

Und noch lauter, voller Angst:

»Germaine!«

»Na, was ist denn?«

Sie erhob sich mit einem Satz aus dem Korbsessel, der auf dem Balkon stand.

»Bist du nicht mehr betrunken?«, fragte sie streng.

Er stand auf, machte einige Schritte, stellte fest, dass der Pavillon auf dem Platz erleuchtet war und eine Menschenmenge ringsherum promenierte. Es war kühler geworden. Den Bäumen entströmte ein seltsamer Duft.

»Wie spät ist es?«

»Zehn Uhr …«

»Hast du nicht zu Abend gegessen?«

Er sah die Koffer herumstehen.

»Aha! … Man hat sie also hergebracht …«

Er fühlte sich abgestumpft, wusste nicht mehr, was er sagen oder tun sollte.

»Wir müssen aber etwas essen …«

»Ich habe keinen Hunger …«

Seit Monaten hatte er keinen Rausch mehr gehabt, und er wusste nicht, wie es eigentlich zugegangen war. Er spürte, dass seine Frau böse auf ihn war. Er schämte sich.

»Ich bitte dich um Verzeihung … Ich war nervös … Man hat mir zu trinken angeboten …«

»Lass mich in Ruhe.«

»Germaine, ich beteure dir …«

»Schweig doch! … Wenn du dich schnarchen gehört hättest …«

»Ich schwöre dir, dass ich nichts dafür kann …«

»Wie oft soll ich es dir noch sagen, lass mich endlich in Ruhe! …«

Nun, ohne zu wissen, warum, wurde er plötzlich wütend. Im Zimmer brannte kein Licht. Nur die Lampen draußen warfen einen schwachen Schimmer auf das Gesicht seiner Frau. Sie erschien ihm fast wie eine Feindin.

»So ist das also! … Dich in Ruhe lassen! … Was scherst du dich schon darum, wenn das Geld nicht ankommt! … Dir ist es ja völlig egal, dass ich die ganze Verantwortung, die ganze Last zu tragen habe! … Bloß weil ich das Pech hatte, ein Gläschen zu trinken …«

Ohne ihm zuzuhören, setzte sie sich wieder auf den Balkon.

»Germaine! Komm her …«

Sie rührte sich nicht.

»Germaine! Ich sage es noch einmal, ich bitte dich …«

»Zum Kuckuck!«

Er schrie, brüllte verworrene, ungereimte Sätze, dass er unglücklich sei, dass sie kein Verständnis für ihn habe, dass sie besser daran getan hätte, beim Telefonamt zu bleiben, dass sie unfähig sei, ihm beizustehen …

Vor Wut schlug er mit der Faust gegen die Wand, gleich darauf fing er an zu weinen.

Sein Rausch war wohl noch immer nicht verflogen. Er fand sich in seinem Bett wieder. Germaine schlief nicht. Auf einen Ellbogen gestützt, lag sie neben ihm, und ihre Augen ruhten ernst und nachdenklich auf seinem Gesicht.

Woher wusste sie, dass er Durst hatte?

»Trink …«, sagte sie und reichte ihm ein Glas Wasser.

Er aber hatte den Eindruck, dass jede Zärtlichkeit aus ihrem Gesicht verschwunden war.

»Magst du mich nicht mehr?«

»Trink! … Darüber sprechen wir morgen …«

Er zog es vor, sich wieder in den Schlaf fallen zu lassen, wenn auch im Bewusstsein, dass ihn am nächsten Morgen beim Erwachen unangenehme Auseinandersetzungen erwarteten.

»Sie liebt mich nicht! … Sie versteht mich nicht …«

Und der Kreditbrief? Er träumte, dass man ihn ins Gefängnis brachte, ein Gefängnis, das eigentlich die hölzerne Kathedrale war. Seine Wächter trugen die gleiche Uniform wie die Soldaten im Musikpavillon.

Jemand klopfte an die Tür. Es war schon hell. Ein Boy trat mit einem Tablett ins Zimmer.

»Ihre Unterschrift«, murmelte er.

Auf dem Tablett lag ein Telegramm. Dupuche las es, erkannte den Wortlaut seiner eigenen Depesche an Grenier wieder, drehte das Blatt um und fand schließlich den Vermerk:

Adressat verzogen …

»Und, die zwanzigtausend Franc?«

Er antwortete nur:

»Nein!«

Sie blickten beide auf den Balkon, wo der Rohrstuhl im Sonnenlicht schimmerte. Straßenbahnen fuhren um den Platz herum, hielten vor der Kathedrale und setzten sich scheppernd wieder in Bewegung. Es war schon heiß.

2

Hätte jemand zu Dupuche gesagt, dass er träume, so hätte er erwidert:

»Donnerwetter! Ich hab's doch gewusst ...«

Es war aber kein Traum. Er stand auf dem Gehsteig neben dem Auto der Brüder Eugène und Fernand Monti. Es war ihm allerdings noch nicht klar, ob Eugène der größere grauhaarige Mann war oder aber der kleinere mit der infolge einer Kriegsverletzung gelähmten Hand.

Die Sonne stand schon tief. Die ihr zugewandten Holzhäuser waren von rötlichem Licht übergossen, während die gegenüberliegende Häuserzeile aschgrau wirkte.

»Zuerst das Bett ... Heb an! ...«

Die Brüder Monti kümmerten sich nicht um ihn. Sie luden das Auto ab, mit dem sie hergekommen waren und auf dessen Dach sie ein Bett und einen Tisch gebunden hatten.

»Komm mal her, du!«, rief einer von ihnen dem Neger zu, der ihnen untätig zusah. »Bring diesen Tisch in den ersten Stock ...«

Dupuche hatte wieder getrunken. Er war nicht betrunken, aber seinen Eindrücken fehlte es an Schärfe. Über der Haustür bemerkte er die Aufschrift:

Émile Bonaventure – Schneidermeister

Er ging durch den Laden, das heißt einen Raum, in dem es nach Stoffen und spanischem Pfeffer roch. In einer Ecke hatte man eine nackte Kleiderpuppe aufgestellt. Ein großer, schwarz gekleideter Neger mit einer Stahlbrille auf der Nase sah ihm schweigend nach.

Dupuche stieg die Treppe hinauf. Einer der beiden Montis rief:

»Hier entlang!«

Dann stand er auch schon im Zimmer. An den Wänden prangten Tapeten mit rosarotem Blumenmuster.

»Dann bis morgen ...«

Die Brüder drückten ihm die Hand und verließen ihn. Da er nicht einmal einen Stuhl hatte, musste er sich auf das Eisenbett setzen.

An jenem ersten Morgen im Hôtel de la Cathédrale war er mit der Erinnerung an einen Namen aufgewacht, ohne dass er hätte sagen können, zu welchem Gesicht er gehörte: Monsieur Philippe.

Erst im Laufe des Tages hatte er in Erfahrung gebracht, dass Monsieur Philippe kein anderer war als der ruhige, zurückhaltende alte Herr, der sich im Hotel seiner angenommen hatte und der Südamerika so genau kannte.

Jetzt wusste er viel mehr über ihn. Man hatte ihm die Lebensgeschichte von Monsieur Philippe erzählt. Lange Jahre war er der Generalvertreter der French Line in Amerika gewesen und hatte allein durch Fehlspekulationen auf einen Schlag Millionen verloren.

Tsé-Tsé hatte ihn in sein Hotel aufgenommen, wo er als Geschäftsführer fungierte.

War es nicht merkwürdig, dass alle Welt den reichen

Hotelbesitzer einfach Tsé-Tsé und seinen Geschäftsführer respektvoll Monsieur Philippe nannte? Da waren noch andere Gesichter, die er schemenhaft vor sich sah und denen er gern einen festen Platz zugewiesen hätte. Aber er war müde und schleppte sich auf die Veranda, die sich über die gesamte Vorderfront zog. Unvermittelt stand er vor einer alten Negerin, die emsig Kartoffeln schälte.

Aber natürlich! Der erste Stock umfasste drei Zimmer, und die Veranda hatte hier genau dieselbe Funktion wie der Hinterhof für die Bewohner eines Mietshauses. Ein sonderbares Haus und eine nicht minder sonderbare Geschichte, denn eigentlich wusste er selbst nicht mehr, wie er in diesem Haus mitten im Negerviertel gestrandet war.

Übrigens hatte ihn auch niemand nach seiner Meinung gefragt. Man hatte ihn hier abgesetzt, zusammen mit einem Bett und einem Tisch, und er hatte keine Ahnung, wie man in die Stadt gelangte.

Immerhin vernahm er von irgendwoher den Lärm der Straßenbahn, und er sagte sich, dass er ja nur dem Geräusch nachzugehen brauche.

Die ungepflasterten Straßen hatten fünfzig Zentimeter tiefe Löcher. Man sah nur Farbige, die sich im Freien aufhielten, sie saßen auf den Türschwellen oder auch auf Stühlen, die sie gegen die Mauern gestellt hatten.

Welche Gedanken gingen Dupuche eigentlich so durch den Kopf? Natürlich, an Tsé-Tsé dachte er … Und immer wieder an den ersten Morgen. Beim Aufstehen hatte er Germaine angekündigt:

»Ich muss dem Hotelbesitzer Bescheid sagen … «

Und er war hinuntergegangen, hatte sich an die alte Dame an der Kasse gewandt:

»Madame, ich möchte mit dem Chef sprechen.«

»Warten Sie einen Moment in der Halle ... Mein Mann wird gleich unten sein ...«

Er hatte ihn kommen sehen ... Ein kleiner gedrungener Mann mit kurzen Beinen, einem dicken Kopf, plumpen Gesichtszügen und buschigen Augenbrauen. Er war bestimmt schon fünfundsechzig.

»Sie möchten mich sprechen?«

Dass er Korse war, hörte man sofort. Er musterte Dupuche, bedeutete ihm dann, ihm ins Café zu folgen.

»Hier lässt es sich besser reden ... Sie sind also derjenige, der mit einer jungen Frau hier ist?«

»Mit meiner Frau ...«

»Das läuft auf dasselbe hinaus.«

Der Barkeeper war schon auf seinem Posten, ebenso der kleine Schuhputzer, den der Wirt anfuhr:

»Geh spielen!«

»Die Sache ist die ... Ich bin der Direktor der S.A.M.É.«

»Die bankrott ist«, fiel der Korse ein.

»Woher wissen Sie das?«

»Weil ich Freunde in Guayaquil habe.«

»Ich selbst war davon nicht unterrichtet ... Ich war auf dem Weg dorthin, um meine Stelle anzutreten ... In Panama hätte man mir einen Kreditbrief über zwanzigtausend Franc ausbezahlen sollen ...«

»Ja ...«

»Wie meinen Sie das?«

»Ach nichts, sprechen Sie nur weiter ... Bob, schalte die Ventilatoren ein!«

Er schien sich nicht sonderlich für Dupuche zu interessieren. Er blickte durchs Fenster, rief einen Boy herbei, um ihm eine Anweisung zu geben.

»Reden Sie weiter …«

»Ich hielt es für richtiger, Sie davon in Kenntnis zu setzen, dass ich kein Geld mehr habe, und …«

»Hast du die Montis nicht gesehen?«, fragte der Wirt den Barkeeper.

»Monsieur Eugène ist beim Friseur …«

»In Ordnung … Warten Sie hier, Monsieur … Wie ist übrigens Ihr Name?«

»Dupuche …«

»Gedulden Sie sich bitte ein paar Minuten … Trinken Sie inzwischen etwas …«

Und Dupuche hatte wieder einen Pernod bestellt, ohne zu wissen, warum.

Seither waren zwei Tage vergangen, und jetzt war er besser im Bilde. Er wusste zum Beispiel, dass François Colombani, den man Tsé-Tsé nannte, ohne einen Heller nach Südamerika gekommen war und dass ihm jetzt das ganze Hotel gehörte. In Cristobal, am anderen Ende des Kanals, hatte er einen Weingroßhandel, den sein ältester Sohn Gaston leitete.

Er war an anderen Firmen beteiligt, an Autowerkstätten, an Parfümimporten und an der Perlenfischerei.

Dupuche hatte Germaine auf dem Gehsteig gesehen und war zu ihr hinausgetreten.

»Geh noch ein paar Minuten spazieren … Ich soll hier eine Weile warten …«

Während über sein Schicksal verhandelt wurde, sah er

sie auf dem Platz umherirren, sich hin und wieder auf eine Bank setzen.

Es wurde ein wahrer Kriegsrat abgehalten. Die beiden Montis waren gekommen. Der eine Bruder roch noch nach dem Friseurladen. Dann hatte sich Tsé-Tsé zu ihnen gesetzt, begleitet von Monsieur Philippe, der den Mund nicht auftat.

»Nun«, hatte Tsé-Tsé erklärt, »dieser Herr ist in Schwierigkeiten, denn er hat kein Geld. Er ist Ingenieur und ein Landsmann …«

Die anderen blickten Dupuche prüfend an, als wollten sie herausfinden, was in ihm steckte.

»Wollen Sie denn nicht nach Frankreich zurückkehren?«, fragte der größere Bruder – es war wohl Eugène.

»Ich habe nicht die Mittel, um unsere Rückreise zu bezahlen.«

»An Ihre Familie können Sie sich nicht wenden?«

Über ihren Köpfen brummte der Ventilator. Der Barkeeper spülte die Gläser, wischte über die Flaschen. Draußen brannte die Sonne auf den Gehsteig, wo der kleine Schuhputzer herumlungerte.

»Ich habe nur noch meine Mutter, und es ist eher an mir, zu ihrem Unterhalt beizusteuern …«

»Und Ihre Frau?«

»Ihr Vater hat einen hohen Posten in der Postverwaltung, aber um eine so hohe Summe mag ich ihn nicht bitten … Sie verstehen doch …«

Monsieur Philippe blickte ihn nicht an. Tsé-Tsé schnitt sich mit einem Reklamemesser die Fingernägel.

»Ich möchte lieber hier eine Stelle annehmen, solange ich warte … Wenn es in diesem Land Bergwerke gibt …«

»Goldminen gibt es, aber sie sind in englischer Hand …«

»Kümmerst du dich um ihn?«, fragte Tsé-Tsé und sah dabei Eugène Monti an.

»Mal sehen, was sich machen lässt.«

Und die beiden Männer zogen sich in einen Winkel zurück, flüsterten miteinander, während Dupuche auf den Bruder mit der Kriegsverletzung einredete, ihm die heikle Situation darlegte, in der er sich befand, und …

Dupuche nahm zusammen mit seiner Frau das Mittagessen im großen Speisesaal ein. Sie wagten nicht, sich etwas zu trinken zu bestellen, da sie kein Geld hatten.

Tsé-Tsé und seine Frau aßen an einem Ecktisch, sie wirkten wie ein liebes altes Ehepaar.

»Was haben sie gesagt?«, fragte Germaine.

»Um drei Uhr holt mich Monti mit seinem Wagen ab …«

»Wozu?«

»Ich weiß es nicht …«

Genau so war es. Diese Leute redeten wenig, und er hatte Hemmungen, ihnen Fragen zu stellen. Dazu kam noch, dass er nicht so recht wusste, wer sie eigentlich waren und wovon sie lebten.

Germaine setzte ein hochmütiges Gesicht auf, als wollte sie sagen, dass sie sich an seiner Stelle schon besser durchgesetzt hätte.

»Hast du sie denn nicht gefragt?«

Sie war genau wie ihr Vater. Der hatte auch gesagt: »Ich an Ihrer Stelle hätte von Grenier verlangt …«

Aber Dupuche hätte ihn gern einmal gesehen, wenn er seinem eigenen Vorgesetzten gegenüberstand!

»Ich habe sie nichts gefragt, nichts verlangt, nein, das nicht! Es ist schon eine ganze Menge, dass sie sich die Mühe machen!«

Monti kam pünktlich zur Verabredung, und Dupuche stieg zu ihm in den Wagen.

»Wir fahren zu einem Freund, der vielleicht etwas für Sie tun kann …«

Fünf Minuten später betraten sie ein riesiges Warenhaus. Die meisten Verkäuferinnen grüßten Monti, der auf ein Büro im ersten Stock zusteuerte. Hier saß ein junger syrischer Jude, der ihnen die Hand schüttelte und sie aufforderte, Platz zu nehmen.

»Wie geht's dir?«

»Nicht schlecht … Ich möchte dir einen Ingenieur vorstellen, einen Franzosen, der in der Klemme steckt … Er ist mit seiner Frau hier und völlig abgebrannt …«

Der junge Jude mit dichtem Kraushaar würdigte Dupuche keines Blickes.

»Hast du schon mit John geredet?«

»Noch nicht. Ich dachte, dass du vielleicht …«

»Du weißt ja, wie die Dinge hier stehen … Noch letzte Woche habe ich Leute entlassen …«

»Und seine Frau? Hättest du keine Stelle für sie? In Frankreich war sie beim Telefonamt beschäftigt.«

Es war nichts zu machen, sie mussten John aufsuchen.

»Gehst du Sonntag auf Hochseejagd?«

»Und du? Christian will uns auf seinem Boot zur Schwertfischjagd mitnehmen …«

Dupuche hörte zu, verfolgte jedes Wort, klammerte sich förmlich an seinen Mentor. Sie stiegen wieder in den

Wagen, der am Gehsteig geparkt war, und fuhren einige Minuten, hielten vor einer Autowerkstatt.

»Ist John da?«

»Er ist in der Bar gegenüber.«

Eine italienische Bar, wo Parmaschinken, Salami und Nudeln verkauft wurden. Ein hochgewachsener, blonder junger Mann schüttelte Monti und auch Dupuche die Hand.

»Hast du keinen Job für meinen Kumpel? Er ist Ingenieur und eben aus Frankreich eingetroffen.«

John war Amerikaner.

»Nein, das weißt Du doch, alter Junge … Seit einem Monat habe ich keinen einzigen Wagen mehr verkauft …«

»Wäre bei deinen Freunden am Kanal nichts zu machen?«

»Sie dürfen keine Ausländer einstellen …«

Dupuche stützte sich mit den Ellbogen auf das Balkongeländer, zog die Augenbrauen zusammen und murmelte vor sich hin:

»Pat … Pat …«

Dieser Name schwirrte in seinem Kopf herum, und er versuchte sich zu erinnern, wo er ihn gehört hatte.

Sie hatten mit John einen Whisky getrunken.

»Wir fahren bei meinem Bruder vorbei …«, hatte Eugène Monti gesagt.

Und der Wagen war in das Negerviertel eingebogen, hatte an einer Straßenecke vor einem recht düsteren Café gehalten.

Fernand saß mit Christian, dem Sohn von Tsé-Tsé, an einem Tisch und spielte eine Runde Belote mit ihm.

»Was möchtet ihr trinken?«

Christian war fünfundzwanzig, und als Sohn der dritten Frau Colombanis, die an der Kasse saß, würde er wohl das gesamte Vermögen erben.

»Spielen Sie Belote?«

»Nein ... Ich hab's nie gelernt ... Nur ein wenig Bridge ...«

Die Brüder hatten außer Hörweite miteinander getuschelt, dann hatten sie mit Christian eine Partie gespielt, während Dupuche zusah.

»Wir werden uns anderswo umsehen ...«, seufzte Eugène schließlich.

Als sie zum Auto gingen, zeigte er auf eine ganze Zeile mit Holzhäusern und erklärte:

»Sie gehören alle mir ... Zur Zeit der Kanalarbeiten brachte jedes Haus jährlich mehrere tausend Franc ein. Heutzutage zahlen die Neger nicht ...«

Sie nahmen eine steil ansteigende Straße und hielten vor einem großen Wirtshaus, wo junge Krokodile in einem Springbrunnen schwammen.

Jetzt erinnerte sich Dupuche wieder an Pat. Eugène hatte den Geschäftsführer rufen lassen und seinem Begleiter erklärt:

»Sie werden ihn gleich sehen ... Er ist der Mann von Pat Paterson, der berühmten amerikanischen Flugzeugpilotin, die gleich nach Lindbergh über den Atlantik geflogen ist ...«

Ein großer, hagerer Mann mit finsterem Gesichtsausdruck.

»Wie geht's, Paterson?«

»Miserabel. Letzte Woche haben wir dreißigtausend

weniger eingenommen als im Vorjahr um die gleiche Zeit.«

»Wüsstest du nichts für meinen Freund, einen Ingenieur, der eben aus Frankreich eingetroffen ist?«

Überall bot man ihnen zu trinken an: Bier, Whisky oder Pernod.

Was hatte Dupuche sonst noch gesehen?

Sie waren durch ein Viertel mit engen Gassen gekommen, in denen vor jeder Tür eine schwarze oder weiße Frau stand.

»Barillo-Rojo, das rote Viertel …«, hatte ihm Monti erklärt, der am Steuer saß. »Sie verstehen doch?«

Als sie ins Hotel zurückkehrten, trafen sie Tsé-Tsé in der Halle an, und Germaine saß mit der alten Dame an einem Tisch und trank Tee.

»Ich habe Ihnen etwas mitzuteilen«, ließ sich der Korse vernehmen, der mit seinen Gedanken anderswo zu sein schien.

Drei- oder viermal musste er das Gespräch unterbrechen, sei es, dass er ans Telefon gerufen wurde, sei es, dass ihn ein Kunde, der das Hotel betrat oder verließ, in Beschlag nahm.

»Ich habe mich mit Ihrer Frau unterhalten … Eine großartige Person … Ich habe ihr angeboten, Madame Colombani stundenweise an der Kasse zu vertreten, und sie hat eingewilligt …«

Dupuche war wie vor den Kopf geschlagen. Er warf einen Blick auf Germaine, die ihn nicht beachtete.

»Sie bekommt hier freies Essen, ein Zimmer und dreißig Dollar pro Monat.«

Dupuche hatte den Eindruck, dass der Alte Eugène Monti zuzwinkerte.

»Ich möchte kein Ehepaar in meinem Personal ... Aus Erfahrung weiß ich, dass dabei nichts Gutes herauskommt. Sie müssen halt sehen, dass Sie anderweitig unterkommen, und irgendeine Arbeit werden Sie schon noch finden.«

Und wiederum entfernten sich Eugène und der Hotelbesitzer, um zu beratschlagen. Als Eugène wieder zu ihm trat, verkündete er ihm:

»Ich stelle Ihnen kostenlos ein Zimmer in einem meiner Häuser zur Verfügung. Wir bringen ein Bett und einen Tisch hin ... Wir werden schließlich auch noch eine Arbeit für Sie auftreiben ...«

Germaine hatte nicht eine Träne vergossen. Als sie sich schlafen legte, hatte sie nur gesagt:

»Du hast schon wieder getrunken ...«

»Ich kann dir versichern ...«

»Oh! Du bist nicht total betrunken wie gestern, aber getrunken hast du doch ... Was wird das erst geben, wenn ich nicht bei dir bin?«

»Germaine, ich schwöre dir ...«

Aber er war zu müde, um ein langes Streitgespräch durchzustehen, ihm war übel vor Erschöpfung. Am nächsten Morgen hatte er im Halbschlaf gehört, wie sie sich ankleidete.

Wäre es nicht an ihr gewesen, ihm etwas Nettes zu sagen? Aber nein! Sie hatte sich eine Stelle verschafft! Sie hatte die Lage gerettet, im übrigen aber nur, weil die Alte Gefallen an ihr gefunden hatte.

»Du hast schon wieder getrunken!«

Nichts hatte sie begriffen. Erwartete sie etwa, dass er sich bei ihr bedankte?

Als er sich im leeren Zimmer rasierte, wo das rosa Nachthemd, das sie in ihrer Hochzeitsnacht getragen hatte, am Kleiderständer hing, schnitt er sich. Und er erinnerte sich, dass ihr Gesicht während dieser Hochzeitsnacht verschlossen, beinahe verächtlich zugeknöpft gewesen war, als hätte ihr die Angst im Nacken gesessen, sich vor ihm zu demütigen.

Konnte er ihr die Erlaubnis verweigern, die Stelle anzunehmen, die man ihr anbot, das bequeme Zimmer, die Mahlzeiten, und … Er ging erst sehr spät nach unten. Germaine saß an der Kasse neben Madame Colombani. Letztere sagte ihm:

»Eugène holt Sie gleich mit Ihren Sachen ab …«

Sicherlich waren ihm zahlreiche Einzelheiten entfallen, andere vermochte er nicht richtig einzuordnen. So hatte er zum Beispiel mit einem kahlgeschorenen Mann Tricktrack gespielt. Wo war das nur gewesen? Und wann?

Warum redete Monsieur Philippe nicht mehr mit ihm? Dupuche war ihm mehrmals in der Hotelhalle begegnet, wo er untätig herumstand. Er hatte ihm die Hand gegeben. Mit besorgter Miene hatte sich der andere sofort abgewandt.

Alles zerrann ihm unter den Händen. Nur ganz wenige Dinge standen unverrückbar fest, wie das weitläufige Hotel, das mit seinem Innenhof und den Galerien in jedem Stockwerk, mit dem Café rechter Hand, dem Speisesaal im rückwärtigen Teil und dem Ecktisch der Colombani einen mächtigen Block auf dem Platz bildete …

Nicht einmal in der Stadt kannte er sich aus, die er nur im Auto von Eugène Monti durchquert hatte.

Er hatte zu viele Menschen gesehen; alle hatten sich seiner angenommen, aber auf eine sonderbare Art. Für sie ging das Leben weiter. Man schleppte ihn zu Hinz und Kunz. Man traf dabei seine Bekannten. Über alles wurde geredet, über das Pferderennen am nächsten Sonntag, über ein baufälliges Kino, über die Frau eines Engländers, die Selbstmord begangen hatte. Schließlich flocht man nebenher die Frage ein:

»Übrigens, habt ihr nicht irgendetwas für unseren Freund Dupuche, einen ›französischen Ingenieur, der‹ ...«

»Hast du schon Chavez Franco aufgesucht?«

»Nein, noch nicht ...«

Eugène Monti wirkte nicht so, als würde er arbeiten. Dupuche wusste, dass er mit einer jungen Panamaerin verheiratet war, und einmal hatte er einen kurzen Blick auf ihre Wohnung im dritten Stock eines modernen Hochhauses werfen können.

Die Brüder Monti sprachen ein fehlerhaftes Französisch, hie und da entschlüpfte ihnen ein Ausdruck aus der Gaunersprache. Sobald sie aber das Wort an ihn richteten, schwang in ihrer Rede ein respektvoller Unterton mit.

»Ihre Gattin ist eine bemerkenswerte Frau ... Tsé-Tsé ist von ihr sehr angetan, was selten vorkommt ... Er hat nie jemanden anderen als seine Frau an die Kasse lassen wollen ...«

Und was war mit ihm? Was tat man für ihn? Man hatte ihn einfach in ein Auto gepackt, auf dessen Dach man mit Stricken ein Bett, einen Tisch mit den Beinen nach oben, eine Waschschüssel und einen Eimer befestigt hatte.

Man hatte ihn durch den Laden des Schneiders Bonaventure geführt, und jetzt überließ man ihn in dem rosarot tapezierten Zimmer seinem Schicksal. Die alte Negerin, seine Nachbarin, war in ihr Zimmer getreten, um das Essen zuzubereiten. Nun hatten zwei Neger ihren Platz auf der Veranda eingenommen und sahen, das Kinn auf den gekreuzten Händen ruhend, den Kindern zu, die auf der Straße spielten.

In Amiens hätte Dupuche mit Leuten wie den Montis, ja nicht einmal mit Tsé-Tsé verkehrt.

»Du sollst nicht auf der Straße spielen …«, hatte er als kleiner Junge von seiner Mutter zu hören bekommen.

»Er hat die Tochter eines Kneipenwirts geheiratet«, hatte sein Vater abschätzig bemerkt, als sein Nachbar sich mit Marthe verehelichte, die tatsächlich aus dem Café an der Ecke stammte.

Wenn er zur Schule ging, musste er Handschuhe tragen, und seine Mutter wäre nie ohne Hut und Schleier, den man damals noch trug, auf den Markt gegangen, der nur hundert Meter von ihrem Haus entfernt war.

In seiner Welt war auch das Trinken verpönt. Zwar stand eine Karaffe Schnaps im Schrank, aber man brachte sie nur zwei- oder dreimal im Jahr auf den Tisch, wenn Onkel Guillaume aus Paris zu Besuch kam, der in der Nähe des Friedhofs Père-Lachaise ein Schirmgeschäft hatte.

Wovon mochten die Montis wohl in Frankreich gelebt haben? Was Tsé-Tsé betraf, so hatte er von sich selbst gesagt, dass er seine Laufbahn in Amerika als Kellner im Washington Hotel begonnen hatte.

Es wurde Abend, und der Purpurschein auf den ge-

genüberliegenden Häusern verblasste. Eigentlich gab es hier gar keine richtigen Zimmer, denn man hielt sich vor allem auf der Veranda auf, die man durch einen großen türlosen Durchgang betrat.

Man sah alles: einen alten Neger, der seinen verletzten Fuß verband, eine Frau, die ihre Wäsche in einem Eimer wusch, nackte Kinder, die am Boden herumkrabbelten ...

Der Bahnhof musste sich zur Linken befinden, denn man hörte das Pfeifen der Züge, von der anderen Seite drang das Geratter der Straßenbahnen zu ihm.

Dupuche hatte schon immer große, überaus empfindliche Augen gehabt, die sich beim geringsten Luftzug röteten. Auch war er schon immer beim geringsten Anlass in Tränen ausgebrochen, und genau jetzt war ihm danach, während er auf die ungepflasterte Straße blickte, wo er der einzige Weiße war. ›Morgen trinke ich nicht mehr‹, sagte er sich. ›Ich werde mich anständig anziehen. Ich werde den französischen Gesandten aufsuchen und seinen Rat einholen.‹

Sobald die Montis, Tsé-Tsé und die anderen nicht in seiner Nähe waren, fühlte er sich verloren, und doch, kaum waren sie aus seinem Gesichtsfeld verschwunden, empfand er nur noch Verachtung für sie.

›Der Gesandte wird mich verstehen ... Er wird mich mit Leuten aus unseren Kreisen bekannt machen ...‹

Ein Negermädchen, das noch keine fünfzehn Jahre zählte, hatte sich unter die Veranda gesetzt. Sie war nackt unter ihrem grünen Kleid, hatte magere Beine, biegsame Lenden, und sie blätterte in einer Zeitschrift.

Ein seltsamer Geruch durchtränkte die Luft. Der Schneider saß in seinem Schaukelstuhl, den er auf den

Gehsteig getragen hatte, und alle Vorübergehenden grüßten ihn.

»Sie haben mir da oben ein kleines Zimmer gegeben«,
hatte Germaine ihm gesagt. »Es ist sehr sauber! Madame
Colombani ist reizend zu mir ...«

Er hatte es nicht gewagt, sie darum zu bitten, ihrem
Vater ein Telegramm zu schicken, obwohl dieser Ersparnisse von mindestens zehntausend Franc besaß, die für
die Überfahrt ausgereicht hätten.

Aber sein Schwiegervater mochte ihn nicht. Er hätte es
lieber gesehen, wenn seine Tochter einen Beamten geheiratet hätte.

»Die haben wenigstens eine Pension ...«, pflegte er oft
zu sagen.

Ein junger Ingenieur aber hatte in Frankreich keine
Aussichten, eine Anstellung zu finden, das hatte Dupuche am eigenen Leibe zu spüren bekommen. Später hatte
er sich in die Brust geworfen:

»Fünf Jahre werden wir in Ecuador verbringen. Da wir
jährlich vierzigtausend Franc auf die hohe Kante legen,
werden wir bei unserer Rückkehr über Kapital verfügen
und ...«

Er trat wieder in sein Zimmer, erbrach sich in den Eimer. Er vertrug das gewürzte Essen nicht. Seine Augenlider brannten mehr denn je. Sein Blick fiel auf das Bett,
für das es keine Laken, nur eine Baumwolldecke gab.

Er war wütend auf Germaine, ohne genau sagen zu
können, weswegen er ihr böse war. Oder doch! Er wusste es ganz genau! Bis zu ihrer Heirat, vor allem während
ihrer Verlobungszeit, als er noch in Paris studierte, hatte
sie ihn als den Stärkeren, den Intelligenteren angesehen ...

Doch schon an Bord des Schiffes hatte sie angefangen, an ihm herumzunörgeln.

»Tu das nicht ... Grüß den Kapitän ... Du solltest nicht ...«

Oder aber sie rechnete aus, wie viel Geld sie beim Wechseln bekommen sollten, ließ ihn wissen:

»Du vertust dich sonst wieder ...«

Nun aber, da sie ihn einmal betrunken gesehen hatte, fühlte sie sich ihm noch überlegener.

»Komm ja nicht her, wenn du getrunken hast ...«

Na und? Sei's drum! Er brauchte jetzt einfach etwas zu trinken! Er hatte noch ein paar Münzen in der Tasche, so ging er hinunter, durchschritt den Schneiderladen, orientierte sich am Lärm der Straßenbahnen und erreichte die Hauptstraße des Negerviertels, das allgemein California genannt wurde.

Der Weg zu Fernand Montis Café war viel kürzer, als er gedacht hatte, denn er war noch nicht lange gegangen, als er schon davor stand. Die Lampen waren bereits angezündet, und die beiden Montis spielten mit ein paar Negern Karten.

Er überquerte die Straße, blickte in eine andere Richtung, bog in die Hauptstraße ein, und nun befand er sich in einem Menschenstrom, der ebenso dicht war wie im Faubourg Saint-Martin zum Beispiel, mit dem einzigen Unterschied, dass man hier nur Schwarze und Mulatten sah.

›Dem Gesandten werde ich sagen ...‹

Tsé-Tsé saß im Aufsichtsrat mehrerer Goldminen, kleinerer Minen, die nur in Betrieb waren, wenn der Goldkurs hoch stand, denn sie waren nicht besonders ertragreich. Aber diese Leute hatten nie seinen Fähigkeiten als Ingenieur Rechnung getragen. Man hatte ihn in ein Warenhaus, eine Autowerkstatt, ein Wirtshaus gebracht …

Ohne lange zu überlegen, betrat er ein Kino, wo das andauernde Läuten ihn an die ersten französischen Lichtspielhäuser erinnerte. Der Saal war voll mit farbigen Menschen, die Hitze war unerträglich, der Geruch widerwärtig, und der Film, der gezeigt wurde, war ein zerschlissener Streifen in spanischer Sprache.

»Am ersten Tag kommst du besser nicht her …«, hatte Germaine ihm geraten. »Sonst meinen die Colombanis, dass du dauernd bei ihnen herumsitzt …«

Weiß Gott, sie war praktisch, seine Germaine! Sie war schließlich auch bequem in einem anständigen, ja luxuriösen Hotel untergebracht.

Schon allein das nahm er ihr übel. Es wäre ihm lieber gewesen, wenn sie sich nicht so schnell zurechtfinden, sich nicht so gut mit der alten Madame Colombani verstehen würde.

Dupuche verließ das Kino, überlegte, ob er etwas trinken gehen sollte. Aber wo? Er sah, dass sich in den Bars lauter Neger drängten, und allein wagte er sich nicht hinein.

Unwillkürlich musste er an seine Regimentszeit denken, als er noch ein kleiner Rekrut gewesen war. Man hatte ihn wohl irrtümlicherweise der Kavallerie zugeteilt, denn er war noch nie mit Pferden in Berührung gekommen. Er war todunglücklich in seinen Holzschuhen und fürchtete sich davor, die Tiere zur Tränke zu führen, sich ihnen zu nähern, um sie zu striegeln. So kam es, dass er sich mit seinem Bettnachbarn anfreundete, einem Bauernknecht, der zwar fehlerhaftes Französisch sprach, ihm aber mit praktischen Ratschlägen zur Seite stand.

Immerhin wurde er zwei Monate darauf ins Schreibbüro der Kompanie versetzt, erhielt eine Phantasieuniform und musste keine schmutzige Arbeit mehr tun. Er wurde sogar damit betraut, die Urlaubsscheine zu verteilen.

Er würde den Gesandten aufsuchen ... Das war das einzig Richtige. Er würde ihm erklären ...

Aber im Augenblick fand er nicht einmal den Heimweg, und auf den Gehsteigen der dunklen Straßen drängten sich ganze Negerfamilien, sodass er sich scheute hindurchzugehen.

Tsé-Tsé verachtete ihn, sonst hätte er ihm doch in seinem Hotel mit den vierundachtzig Zimmern eines abtreten können. Dupuche hätte ihn später dafür entschädigt.

Aber nein! Sie alle behandelten ihn von oben herab. Man schleppte ihn durch die Stadt, machte ihn mit Hinz und Kunz bekannt.

»Haben Sie keine Verwendung für ihn? ... ›Ein französischer Ingenieur, der‹ ...«

Mit einem Mal erblickte Dupuche, nur wenige Schritte entfernt, den Schneidermeister in seinem Schaukelstuhl. Er betrat das Haus, ging durch den Laden, tastete nach einem Schalter. Hier gab es nicht einmal elektrisches Licht, und Monti hatte ihm keine Lampe dagelassen!

Es blieb ihm also nichts anderes übrig, als sich wie ein Tier auf sein Lager zu werfen. Er fand allerdings keinen Schlaf, denn die Schwarzen saßen bis zu vorgerückter Stunde auf dem Balkon, ließen sich von der kühlen Nachtluft umfächeln und erzählten sich in einer unverständlichen Sprache Geschichten.

›Morgen suche ich den Gesandten auf und sage ihm …‹

Er war nicht betrunken. Er fühlte sich nur wie benommen. Sein ganzer Leib schmerzte ihn, vor allem sein Kopf.

Wenn ihn nur jemand kneifen würde, sodass er in einem richtigen Zimmer, in einem richtigen Bett erwachen würde, oder gar in einer Kajüte erster Klasse, wo Germaine im Nachthemd neben ihm läge:

›Wo sind wir?‹, würde er fragen.

›Du hast im Traum gesprochen …‹

›Ach! Ja, allerdings …‹

Aber so war es nicht.

Er träumte nicht, er befand sich in California, also im Negerviertel, er auf einem alten Eisenbett, das Eugène Monti, der größere der beiden Brüder, weiß Gott wo aufgetrieben hatte. Von Zeit zu Zeit huschte ein Schatten über die gemeinsame Veranda, streckte den Kopf ins Zimmer, um den Weißen schlafen zu sehen.

Ständig vernahm er leise Schritte auf dem Fußboden, Geflüster, unterdrücktes Kichern …

Schließlich aber hörte er nur noch das Getrappel eines Pferdes, das einen Wagen durch eine der anliegenden Straßen zog.

Dann das Zirpen der letzten Grillen, die mit der einbrechenden trockenen Jahreszeit aus der Stadt verschwinden würden.

Um neun Uhr morgens stand Dupuche, der nicht einmal am Hotel vorbeigegangen war, bereits vor der französischen Gesandtschaft, klingelte, reichte dem Portier, einem Mestizen, seine Visitenkarte und wurde in den Salon geführt, in dem sich französische Publikationen stapelten.

Obwohl er am Vorabend nicht getrunken hatte, fühlte er sich verkatert.

»Seine Exzellenz wird Sie in wenigen Minuten empfangen ... Wenn Sie inzwischen Platz nehmen wollen ...«

Er setzte sich nicht. Er wollte so schnell wie möglich mit dem Gesandten reden.

3

Von einem Ozeandampfer waren fünfzig chilenische Lehrer ausgeschifft worden, die zu einem Kongress nach Boston reisten und zwei Tage lang Gäste der panamaischen Regierung waren. Man hatte sie im Hôtel de la Cathédrale untergebracht, und wegen des großen Festessens hatte Germaine nicht ausgehen können.

Jetzt waren sie wieder abgereist. An diesem Abend fand das allwöchentliche Konzert auf dem Platz statt. Die elektrischen Glühbirnen, die bleich wie kleine Monde schimmerten, verliehen den Bäumen den Anschein von Kulissen. Die Menge promenierte rund um den Musikpavillon, in einer Richtung die Männer, in entgegengesetzter Richtung die Frauen, sodass sich bei jeder Begegnung reichlich Gelegenheit zu Späßen und Gelächter ergab.

Die Luft war beinahe kühl, das Leben lau und träge. Von weitem blickte Dupuche unverwandt auf den Hoteleingang, und als er die Silhouette seiner Frau entdeckte, war er fast so bewegt wie als junger Verlobter, wenn er sie in Amiens an einem Laternenpfahl erwartete. Im Gehen zog sie ihre Handschuhe an, und nach alter Gewohnheit nahm er ihren Arm.

»Bist du nicht zu müde? War es dir auch nicht zu heiß?«

»Nein. Im Hotel ist es kühler als draußen …«

Wie die anderen machten sie eine Runde auf dem Platz, dann brachen sie im Laufschritt aus dem Menschenstrom aus, und in der ersten Seitenstraße drückte Dupuche einen flüchtigen Kuss auf die Wange seiner Frau.

»Ich hatte Sehnsucht nach dir«, begann er schüchtern.

Er fühlte Zärtlichkeit für sie an jenem Abend. In einem Ton, als hätte er ihr eine freudige Überraschung mitzuteilen, sprach er weiter:

»Weißt du, heute habe ich kein einziges Glas getrunken!«

Sie sah ihn prüfend an und schien befriedigt.

»Sehr schön!«

Aber sogleich stellte sie die Frage:

»Hast du noch nichts gefunden? Der Gesandte ...«

»Er hat mich sehr freundlich empfangen ... Er ist ein rechtschaffener Mensch ...«

Weiß Gott! Ein rechtschaffener Mensch, der schwitzte und keuchte und seinen Besucher mit betrübtem Blick ansah.

»Was kann ich schon für Sie tun, armer Freund? Ich habe kein Budget. Selbst wenn ich Sie repatriieren wollte, hätte ich das Geld nicht. Wenn ich Ihnen sage, dass ich schon seit sieben Jahren nicht mehr in Frankreich gewesen bin, weil die wenigen unumgänglichen Empfänge alles verschlingen ...«

Er schwitzte nicht weniger als Dupuche. In einem kleinen Nebenraum waren immer drei oder vier Hemden zum Trocknen aufgehängt, die er eines nach dem anderen anzog.

Wie einst in Frankreich, schritt das junge Paar langsam dahin.

»Er hat mir eine Mitgliedskarte für den Internationalen Zirkel zugeschickt ...«

Dupuche fühlte kaum noch Bitterkeit. Er hatte sich vorgenommen, ruhig und liebenswürdig zu sein.

»Und wie ergeht's dir, Germaine?«

»In der Arbeit finde ich mich schon gut zurecht. Sie ist nicht schwer. Aber trotzdem leistet mir Madame Colombani fast den ganzen Tag Gesellschaft.«

»Bekommst du anständiges Essen?«

»Ich esse wie die Hotelgäste im Speisesaal.«

»Redet man über mich?«

Sie schüttelte den Kopf, aber er glaubte ihr nicht. In drei Tagen hatte er vielleicht fünfmal seine Frau besucht. Tsé-Tsé und Monsieur Philippe waren ihm immer ausgewichen. Zwar schüttelten sie ihm die Hand, aber ihm schien, sie taten es ungern, denn sie hatten immer sogleich anderswo zu tun.

Als das Paar aus einer dunklen Gasse in eine hell erleuchtete Straße trat, blieb Dupuche stehen, wies auf eine italienische Bar:

»Hier esse ich an der Theke zu Mittag. Es ist nicht teuer.«

Unvermittelt fragte er:

»Hast du deinem Vater geschrieben?«

»Gestern habe ich einen Brief an ihn abgeschickt.«

»Was hast du ihm gesagt?«

Beklommen wandte er sich ab, damit sie seine Unruhe nicht bemerkte.

»Ich habe ihm geschrieben, dass uns das Geld noch nicht ausbezahlt wurde und dass wir hier bleiben, bis …«

»Hast du ihm denn nicht mitgeteilt, dass du arbeitest?«

Er spürte ihre Verlegenheit und sagte schnell:

»Warum eigentlich nicht? Es ist schließlich die Wahrheit! ...«

Aber es schmerzte ihn doch. Er wusste, dass sein Schwiegervater sich ein Vergnügen daraus machen würde, diesen Brief der alten Madame Dupuche zu zeigen.

»Übrigens wirst du nicht lange arbeiten! In weniger als acht Tagen werde ich etwas gefunden haben ...«

»Hast du dich umgetan?«

»Den ganzen Tag ...«

Sie ließen den Bahnhof hinter sich, überquerten den Bahnübergang, und die Umgebung veränderte sich, denn sie erreichten das Negerviertel.

Die Läden waren kleiner und enger, die Menschen sprachen lauter und ungenierter. Man blickte Germaine direkt in die Augen. Man drehte sich nach dem Paar um, lachte.

»Ich habe Madame Colombani gefragt, ob ich nicht bei dir wohnen könnte«, murmelte Germaine. »Sie hat mir erwidert, dass es für eine weiße Frau ausgeschlossen ist, in California zu leben ...«

Er entgegnete nichts, aber er war gerührt. Sie hatte mit sanfter Stimme gesprochen, sie wollte ihm eine Freude machen, und er drückte ihre Fingerspitzen.

»Hier an der Ecke befindet sich das Café von Fernand Monti ... Wenn man in die nächste Straße einbiegt, sich dann nach links wendet, ist man schon bei mir angelangt ... du wirst Bonaventure sehen.«

»Gehst du noch oft zu den Montis?«

»So selten wie möglich. Doch wenn ich etwas ohne sie unternehme, sind sie geradezu eifersüchtig ...«

Sie hielten sich in der Mitte der Straße, bemerkten die

am Boden kauernden Schattengestalten auf den Gehsteigen und in den Hauseingängen. Jemand spielte Akkordeon.

Als sie das Haus schon fast erreicht hatten, hielt Germaine an der Ecke einer Gasse inne, die kaum einen Meter breit war, und wisperte:

»Was machen die da?«

Zwei Gestalten, ein ganz junges Mädchen und ein Mann, kletterten über die Fensterbrüstung in ein Zimmer.

»Das ist meine Nachbarin«, erklärte Dupuche. »Jeden Abend schleppt sie einen Mann ab, und da sie ihn nicht zu ihrer Mutter mit hinaufnehmen kann, geht sie mit ihm in die Ladenstube von Bonaventure, der nichts davon merkt.«

Germaine staunte. Und sie staunte noch mehr, als sie, in völliger Dunkelheit, den Laden des Schneiders durchqueren mussten. Schnarchgeräusche waren zu hören. Dupuche führte seine Frau an einer Hand, mit der anderen tastete er nach der Treppe. Als sie oben waren, zündete er eine Kerze an.

»Da unten war doch jemand.«

»Ja freilich, Bonaventure. Er schläft immer in einem Winkel seines Ladens.«

Sie flüsterte:

»Da sind Leute auf der Veranda.«

»Aber ja! … Meine Nachbarn … Die Eltern der Kleinen, die du mit dem Mann gesehen hast … Sie ist noch keine fünfzehn … Setz dich …«

Da er keinen Stuhl hatte, sah sich Germaine unschlüssig um. Schließlich setzte sie sich aufs Bett. Dupuche lächelte immer noch, wenn auch mit einiger Anstrengung.

»Na siehst du ... Es ist zwar kein Palast, aber es lässt sich hier leben.«

Schon bei dem bloßen Gedanken, dass er bald allein hierher zurückkehren würde, stiegen ihm die Tränen in die Augen.

Als kleiner Junge – er mochte sechs Jahre alt gewesen sein – pflegte er sein Abendgebet auf dem Bett kniend zu verrichten und den eingelernten Formeln anzufügen:

Heilige Jungfrau, heiliger Joseph
und du, mein liebes Jesulein,
macht, dass mein Papa immer arbeiten kann,
dass Mamas Rückenschmerzen vergehen
und wir alle zusammen sterben ...

Bei der Vorstellung, dass seine Mutter einmal eingesargt im Leichenwagen liegen würde, fing er in seinem Bett bitterlich zu weinen an, von körperlichem Grausen geschüttelt.

Er sah Germaine an, die schon zum Aufbruch bereit war, trat schüchtern zu ihr, um sie zu küssen.

»Da ist was ...« Sie wies auf den Balkon, wo sich ein Schatten bewegte.

Er ließ den grünlichen Vorhang herunter, versuchte, seine Frau zum Eisenbett zu ziehen.

»Nein, Jo! ... Nicht hier! ... Lass mich ...«

»Man kann uns nicht sehen.«

»Man hört alles ... Ich flehe dich an! ...«

Plötzlich ernüchtert, sagte er kühl:

»Du hast recht!«

Aber er würde bis zum Schluss ruhig bleiben, das hatte er sich fest vorgenommen. Er hatte Germaine wegen ihres Briefes an ihren Vater keine Vorhaltungen gemacht. Er würde ihr auch jetzt nicht ihre Gefühllosigkeit vorwerfen, nun da sie endlich bei ihm war und ihm nichts zu sagen wusste, nur darauf bedacht war, so schnell wie möglich von hier wegzukommen.

»Sollen wir ins Freie gehen?«

»Ja … Draußen ist es kühler …«

Die Treppe knarrte, ebenso der Fußboden im Laden, wo der Neger einen Augenblick aufhörte zu schnarchen. Als sie auf die Straße traten, blickte Germaine unwillkürlich zu der Gasse hinüber, in die das junge Mädchen mit ihrem gerade aufgelesenen Freier verschwunden war.

»Übrigens, Eugène hat mir eine Stelle angeboten«, sagte Dupuche unvermittelt. Schon seit einer Weile erwog er, ob er es seiner Frau mitteilen sollte, die sich nicht bei ihm untergehakt hatte.

»Welcher Eugène?«

»Der größere der beiden Montis, der mit dem fast weißen Haar.«

»Was für eine Stelle?«

»Du wirst's gleich sehen.«

»Sag's jetzt!«

»Nein. Du kannst dir dann ein besseres Bild machen …«

In scharfem Stakkato schritt sie auf ihren hohen Absätzen neben ihm her. Es war ihr unbehaglich in diesem Viertel, während es ihm Spaß machte, sie hier herumzuführen. Es war für ihn fast eine Art von Rache, und mitunter beobachtete er sie verstohlen.

Alle Fenster und Türen standen offen, überall spürte

man die Nähe von Menschen, von Schlafenden, von Wachenden, von Leibern, die nach kühler Nachtluft lechzten, von Männern und Frauen, die den nächsten Morgen erwarteten, von Kindern, die aneinandergeschmiegt in den Winkeln lagen.

»Ist es eine gute Stelle?«, fragte Germaine.

»Du wirst's ja sehen ...«

»Hast du sie angenommen?«

»Noch nicht.«

Aus Trotz und Wut darüber, dass sie nicht das richtige Wort, nicht die richtige Geste gefunden hatte, hatte er jetzt gute Lust, sie anzunehmen.

»Warum hast du mir das nicht gleich gesagt?«

»Warte ... Vorsicht, die Straßenbahn ...«

Jetzt mussten sie nur noch den Bahnübergang überqueren, um in den spanischen Stadtteil zu gelangen, wo die Leuchtreklamen von zwei Nachtlokalen blinkten. Ein Fiaker hielt neben ihnen, doch Dupuche winkte ab.

Das Nachtleben fing eben an. Im blauschimmernden Saal des Kelley's tanzten einige Paare nach den Rhythmen eines argentinischen Orchesters. Den Taxis entstiegen Passagiere eines gerade eingelaufenen Schiffes, das von San Francisco kam.

Die Männer trugen ihr Jackett über dem Arm, genau wie Dupuche am Tag ihrer Ankunft. Obwohl es Nacht war, hatte einer von ihnen seinen Tropenhelm aufbehalten.

Im Morgengrauen würden sie aufbrechen. Sie fuhren ja alle wieder weg! Tag für Tag kamen fünfzehn, zwanzig Schiffe durch den Kanal, Hunderte von Passagieren machten einen kleinen Rundgang und blickten ohne allzu lebhafte Neugier um sich.

Nur Dupuche war geblieben!

»Du hast mir immer noch nicht gesagt, was für eine Stelle ...«

»Bleib einen Augenblick stehen!«

An der Straßenecke, mitten auf dem Gehsteig, befand sich eine Baracke, die durch zwei Gaslampen grell erleuchtet wurde. Vier Hocker vor einer aus Holzbrettern gezimmerten Theke. Dahinter war ein Mestize in einer weißen Kochschürze gerade dabei, Würstchen zu braten, die er mit einem Stück Brot seinen Kunden hinüberreichte.

»Na, was denn?«, fragte Germaine.

»Bis sich etwas Besseres findet, bietet mir Eugène diese Stelle an ... Mit den Trinkgeldern kann man dabei zwei Dollar pro Nacht verdienen.«

Seine Kehle war wie zugeschnürt, sodass er kaum sprechen konnte. Seine Frau bemerkte nichts. Sie eilte weiter. Sie hatte sich nicht einmal darüber empört. Auf dem restlichen Weg zum Hotel hatte er nicht mehr die Kraft, das Wort an sie zu richten.

Das Konzert war zu Ende. Auf den Bänken saßen noch Liebespaare.

»Auf Wiedersehen ...«, murmelte er.

»Kommst du nicht auf einen Sprung mit hinein?«

»Nein ... Lieber nicht ...«

Er war nicht darauf erpicht, Tsé-Tsé und Monsieur Philippe zu begegnen. Heute Abend musste er seine Frau um Geld bitten, aber er hatte nicht daran gedacht, und im letzten Moment war er dazu nicht fähig. Hätte sie denn nicht wissen können, dass ihm nichts mehr blieb?

»Versprich mir, nicht zu trinken ...«

»Herrgott noch mal!«

»Warum dieser Ton?«

»Ach nichts! ... Auf Wiedersehen, meine kleine Germaine ... Wir schlagen uns schon durch!«

»Aber natürlich!«

Sie küsste ihn flüchtig, lief über den Platz, wandte sich einmal um, um ihm zum Abschied zuzuwinken.

Er sah sie mit Madame Colombani und Tsé-Tsé sprechen. Dann begaben sich alle drei an einen Tisch in der Halle, um vor dem Schlafengehen noch etwas zu trinken.

Er stieß die Tür zu Fernands Bar auf, trat auf den Tisch zu, an dem die beiden Brüder sich mit Christian und einem Unbekannten unterhielten.

»Setzen Sie sich zu uns«, sagte Eugène, schüttelte ihm die Hand.

»Jef kennen Sie noch nicht?«

Eugène war der liebenswürdigere der beiden Brüder und redete ihn immer mit respektvollem Unterton an.

»Jef, das ist Monsieur Dupuche. Ein Ingenieur, der in Guayaquil die Leitung der s.a.m.e. übernehmen sollte ... Als er hier ankam, war die Firma hopsgegangen, das Geld war futsch ... Wir suchen eine Stelle für ihn ...«

In der Bar war es düster, und wie im ganzen Negerviertel herrschte auch hier eine triste Atmosphäre. Nur zwei Kunden lehnten an der Theke, hinter der über hundert Flaschen Schnaps aus aller Herren Länder aufgereiht waren.

»Sehr erfreut ...«, murmelte Jef und reichte ihm seine Pranke.

Er war riesig, an die zwei Meter groß, ein breitschultriger, massiger Hüne. Mit seinem kahl geschorenen Schädel, seinem zwei Tage alten Bart wirkte er wie das Musterbeispiel eines Sträflings. Vielleicht tat er auch das Seine dazu. Er hielt den Kopf gesenkt, ohne sein Gegenüber aus den Augen zu lassen, er sprach in singendem, stark flämisch gefärbtem Tonfall, schnitt dazu noch Grimassen.

»Jef ist der Besitzer des Hôtel Français in Colón«, erklärte Eugène. »Er ist fast zur gleichen Zeit wie Tsé-Tsé hierhergekommen.«

»Kennen Sie Cristobal und Colón?«, fragte der Bär.

»Wir – meine Frau und ich – haben ein paar Stunden im Washington Hotel verbracht.

»Aha!«

Christian, wie immer frisch rasiert und parfümiert, rauchte eine Zigarette. An der Rückwand des Raumes befanden sich eine Reihe von Logen, deren Vorhänge man zuziehen konnte. Einige waren wohl besetzt, denn man hörte Stimmengemurmel.

»Was wollen Sie jetzt machen?«, fragte Jef und winkte den Kellner herbei.

»Ich weiß noch nicht … Der Gesandte hat mir eine Karte für den Internationalen Zirkel gegeben, wo ich vielleicht Leute kennenlerne, die mir weiterhelfen können.«

Jef trank Pfefferminzsirup, die anderen Bier, und für alle schien es normal zu sein, dass der Mann aus Colón den Neuen wie ein Richter einem Verhör unterzog.

»Im Internationalen Zirkel werden Sie nichts finden … Nichts als Kroppzeug! …«

Das war das letzte Mal, dass er Dupuche mit ›Sie‹ anredete, von nun an duzte er ihn, wie er es wohl mit aller Welt machte.

»Wenn du zur Zeit des Kanalbaus gekommen wärest, würde ich ja nichts sagen ... Aber jetzt gibt es auf der einen Seite die Amerikaner, die unter sich bleiben und in ihrer Zone ihre Klubs und Konsumvereine haben ... Auf der anderen Seite die Panamaer, die alles daransetzen, um Präsident oder Minister zu werden.«

Seine Augen ruhten immer noch auf Dupuche, der anfing, sich unbehaglich zu fühlen. Die Montis warteten respektvoll, bis er zu Ende geredet hatte. Sicher hatten sie, wie jeden Abend, Karten gespielt, denn auf dem Tisch lag noch das rote Filztuch mit der aufgedruckten Reklame für einen Aperitif.

»Was möchtest du trinken?«

»Ein Bier.«

»Wo ist deine Frau?«

»Mein Vater hat sie als Kassiererin eingestellt«, fiel Christian ein. »Sie wohnt im Hotel.«

Nun ergriff auch Eugène Monti das Wort.

»Ich habe eine Stelle für ihn gefunden, bis sich etwas Besseres ergibt. Er kann bei Croci Würstchen verkaufen ...«

Jef aber, der mehr denn je wie ein Bär wirkte, stützte die Ellbogen auf den lächerlich kleinen Tisch und brummte:

»Das wird nichts!«

Schließlich sagte er, während er den Rauch einer eben angezündeten Zigarette ausblies:

»Soll ich dir einen guten Rat geben, Kleiner? Hau ab! Ganz egal wie! Mit deiner Frau oder ohne sie ...«

Er wandte sich Christian zu, fuhr fort:

»Dein Vater hat mir davon erzählt. Er denkt wie ich. Aus dem wird nichts, und eines Tages geht die Sache schief.«

»Ich verstehe nicht«, stammelte Dupuche.

»Verdammt noch mal! Ich weiß genau, wovon ich rede! Fernand und Eugène wissen es auch! Oder etwa nicht?«

Sie schwiegen.

»Glaub mir! Sieh zu, dass du dich einschiffst. Du hast doch bestimmt eine Familie, die dir drei- oder viertausend Franc schicken kann!«

Dupuche nahm alle seine Kräfte zusammen. »Ich schlag mich schon allein durch ...«

»Was du nicht sagst!«

»Der Gesandte hat mir versprochen ...«

»Lass den fetten Siebenschläfer aus dem Spiel. Der hat genug damit zu tun, seine Hemden zu wechseln ...«

»In der Provinz Darién gibt es Minen, ich kann ja dorthin fahren.«

»Du sagst es!«

»Was meinen Sie damit?«

»Nichts. Trink dein Glas ... Spielst du Belote?«

»Nein.«

»Dann schau zu und halt den Mund!«

Warum ging Dupuche nicht einfach weg? Er blieb sitzen, sah ihnen beim Kartenmischen und Spielen zu. Trotz allem, was Jef ihm gerade gesagt hatte, nahm er es ihm nicht übel. Von Zeit zu Zeit blickte der Bär über seine Karten hinweg zu ihm hinüber, und sein Blick war keineswegs unfreundlich, sondern eher ermunternd.

Einer der roten Logenvorhänge wurde aufgezogen, und ein Negerpaar durchquerte den Raum. Der Mann trug einen dunklen Anzug und einen flachen Strohhut.

Die Frau, mit einem grellrosa Kleid angetan, war alt und sehr dick.

Sie verließen das Café ... Keiner scherte sich um sie ... Oder vielleicht doch, denn Fernand wandte sich zu seinem farbigen Barkeeper und fragte:

»Bezahlt?«

»Bezahlt!«

»Trumpf, Trumpf, Herz sticht.«

Es fuhren keine Trambahnen mehr. Es war still auf den Straßen, und wenn die Spieler schwiegen, hörte man das Ticken der Wanduhr.

»Ich hab dir den Schneid abgekauft, was?«, sagte plötzlich Jef, der die Partie gewonnen hatte.

Und da Dupuche keine Antwort gab, fuhr er fort:

»Mach dir nichts draus ... Ich sag's ja nur zu deinem Besten ... Leute wie dich trifft man hier oft, sodass man schließlich einen Blick dafür bekommt ...«

Wenn Eugène Monti dazu in der Lage gewesen wäre, hätte er Jef sicher zum Schweigen gebracht, und er sah Dupuche an, als wollte er ihm Mut machen.

»Es ist doch besser, offen zu reden, meinst du nicht auch? Also, ich gebe dir keine zwei Jahre ...«

Christian wunderte sich nicht über seine Worte, ebenso wenig Fernand, der sich erhob, weil man ihn in eine Loge gerufen hatte. Als er zurückkam, murmelte er:

»Schon wieder der alte Engländer ...«

»Mit einer Negerin?«

»Zwei ... Sie haben's fertiggebracht, dass er ihnen Champagner spendiert ...«

Der Barkeeper war eben dabei, eine Flasche Champagner in einem Eimer kalt zu stellen.

»Übrigens, nächste Woche schifft sich Petit Louis ein ...«

»Mit seiner Frau?«

»Sie wollen sechs Monate in Frankreich verbringen. Sie hat es dringend nötig. Trotz der Krise verdient sie täglich ihre zehn Dollar.«

Dupuche stand auf, griff nach seinem Hut.

Nach kurzem Zögern sagte Eugène: »Ich bringe Sie noch ein Stückchen.«

Er spürte, was los war! Draußen begann er:

»Sie müssen das nicht so ernst nehmen ... Jef ist ein guter Kerl, aber brutal ...«

»Nicht wahr, er ist ein Sträfling!«

»Na ja, vielleicht hatte er früher mal Schwierigkeiten ... Doch immerhin lebt er seit dreißig Jahren in Panama ... Sie werden sein Hotel in Colón sehen ... Dort treffen sich die sieben oder acht Franzosen der Stadt, die eine Frau im heißen Viertel haben, Sie wissen schon.«

Eugène fasste seinen Begleiter am Arm.

»Wir sind Geschäftsleute, wir müssen einfach mit ihnen verkehren ... Dann und wann kommt Jef für zwei Tage nach Panama ... Mir schien, er hat Sie sehr beeindruckt ...«

»Warum hat er gesagt, dass er mir nicht einmal zwei Jahre gibt?«

»Er übertreibt ... Das ist so seine Art ...«

»Er behauptet auch, dass Tsé-Tsé seiner Meinung ist ...«

»Tsé-Tsé mag halt keine neuen Gesichter ... Trotzdem ist er ein guter Kerl ... Sie sehen ja, was er für Ihre Frau tut ... Lassen Sie sich die Sache mit den Würstchen durch den Kopf gehen. Hier ist das keine Schande ... So, jetzt verabschiede ich mich, die anderen warten mit den Karten auf mich.«

Ein wenig verlegen kehrte Eugène zum Café zurück.

Heilige Jungfrau, heiliger Joseph
und du, mein liebes Jesulein ...

Seine Mutter wartete auf einen Brief von ihm, zu dem er sich immer noch nicht aufgerafft hatte. Er versuchte, die Uhrzeit in Frankreich auszurechnen, aber er vertat sich dauernd. Zwei kleine Negermädchen, noch keine vierzehn Jahre alt, traten ihm in den Weg, sprachen ihn auf Englisch an.

Er schüttelte verneinend den Kopf, schob sie mit den Händen zur Seite. Ihm war übel. Wie sollte er am Monatsende seiner Mutter das Geld überweisen, das er ihr versprochen hatte? Trotz des Todes seines Vaters hatte sie ihm ermöglicht, sein Studium zu beenden, und als er sein Diplom geschafft hatte, hatte er keine Anstellung gefunden.

Stattdessen hatte er sich verlobt, und seine Mutter hatte geweint:

»Du willst mich schon jetzt allein lassen!«

War es denn seine Schuld? Er hatte noch nichts erlebt. Bisher hatte er sich nur durch Lektüre auf das Leben vorbereitet, ohne das nötige Geld zu haben, um sich mit seinen Altersgenossen zu amüsieren.

Was hatte Jef mit den zwei Jahren sagen wollen? Nicht einmal zwei! Ein Jahr hatte er ihm zugestanden und noch dazu behauptet, dass Tsé-Tsé seiner Meinung war.

Mit anderen Worten, auch Tsé-Tsé zweifelte an seinen Fähigkeiten, und im Grunde dachten die beiden Montis ebenso!

Allmählich wurde Dupuche alles klar. Diese Leute gehörten einer anderen Welt an. Seine Gegenwart störte sie. Man gab sich zwar den Anschein, ihm helfen zu wollen, aber in Wirklichkeit tat man alles, um ihn loszuwerden.

Taugte denn dieser Christian, der nichts anderes tat, als junge Mädchen in seinem Auto spazieren zu fahren, mehr als er? In Frankreich hätte er mit solchen Leuten nie verkehrt!

Doch als die Rede auf sie kam, hatte der Gesandte ohne rechte Überzeugung gesagt:

»Es sind ordentliche Leute, vor allem die Montis ... Eugène, der eine junge Einheimische geheiratet hat, ist hier sehr angesehen, und er besitzt an die zwanzig Häuser ...«

Holzhäuser im Negerviertel, so wie das, in dem Dupuche wohnte!

»Fernand ist ein Schwerkriegsbeschädigter ...«

Dupuche stieß die Ladentür auf, wäre beinahe über den schlafenden Schneider gestolpert, wandte sich lautlos zur Treppe.

Auf der Veranda schlief die Nachbarsfamilie, auch das junge Mädchen, das mit dem gerade aufgegabelten Mann über die Fensterbrüstung gestiegen war.

Das Schwierigste war die gesellschaftliche Einordnung all seiner neuen Bekannten. So hieß es zum Beispiel, dass Tsé-Tsé über zwanzig Millionen besaß und er oft den Gesandten zur Jagd einlud. Jedenfalls hatte er zur gleichen Zeit wie Jef in Colón angefangen und war Kellner im Café des Washington gewesen ...

Wovon mochten die Montis in Frankreich gelebt haben? Zweifellos waren sie Stammkunden in verrufenen kleinen Bars auf dem Montmartre oder an der Porte Saint-Martin gewesen!

Was nun Jef betraf ... Hatte er jemanden umgebracht? ... Warum hätte man ihn denn sonst in eine Strafkolonie verschickt?

Doch auf ihn, Dupuche, sahen diese Leute voller Verachtung und Mitleid herab, zu ihm sagte man:

»Ein guter Rat! Hau ab!«

Sie meinten es nicht böse, sie wollten ihm vielmehr einen Dienst erweisen. Sogar Germaine schien kaum etwas dabei zu finden, dass er heiße Würstchen verkaufen sollte!

Das Haus roch nach Negern. Das ganze Viertel roch nach Negern und Gewürzen, selbst die Decke, in die Dupuche sich zum Schlafen rollte.

Sobald er die Augen schloss, sah er, Gott weiß warum, das junge Mädchen vor sich, wie es über die Fensterbrüstung stieg, und er malte sich aus, was sich in der Hinterstube des Schneiderladens abgespielt haben mochte. Diese Bilder ließen ihm keine Ruhe. Die Kleine lag auf einer Strohmatte auf der Veranda, er aber rührte sich nicht, es genügte ihm, daran zu denken und sich zu sagen, dass er, wenn er wollte ...

Das Erstaunlichste war, dass Germaine sich immer gleich blieb: Sie trug dieselben Kleider, hatte nichts von ihrer Selbstsicherheit und ihrer Ruhe eingebüßt, ganz selbstverständlich gab sie ihrem Vater Nachricht und tat nach besten Kräften die Arbeit, mit der Madame Colombani sie betraut hatte.

Woher mochte wohl diese Madame Colombani kommen? Sie wirkte wie eine ehemalige Köchin, aber sie konnte durchaus in dem verrufenen Viertel, von dem Jef gesprochen hatte, das Licht der Welt erblickt haben!

Noch am Abend war Dupuche so glücklich gewesen, seiner Frau sagen zu können, dass er den ganzen Tag nichts getrunken hatte! Aber auch das hatte sie ganz selbstverständlich gefunden. Sie war ja nicht durch die Straßen geirrt, sie hatte ja nicht mühsam die Firmenschilder entziffert und sich gefragt, ob sie es über sich bringen würde, in diesem oder jenem Geschäft, in diesem oder jenem englischen oder amerikanischen Büro um eine Anstellung nachzusuchen. In Wirklichkeit hatte er nirgends vorgesprochen. Er hatte einfach nicht den Schneid gehabt. Kaum fünf Minuten hatte er sich im Internationalen Zirkel mit seinen prachtvollen Empfangsräumen, dem Garten, dem Schwimmbecken, den Bridge- und Bakkarattischen aufgehalten.

Er vermied es, dort etwas zu trinken, da er die Getränkepreise nicht kannte. Er fühlte sich beobachtet.

»Ich flehe euch an, macht, dass ich etwas finde.«

Er sagte nicht mehr: ›Heilige Jungfrau, heiliger Joseph …‹

Noch weniger: ›Mein liebes Jesulein …‹

Seit fünf Jahren ging er nicht mehr zur Messe. Er murmelte nur vor sich hin: »Macht, dass ich etwas finde …«

Schon um ihnen allen zu beweisen, dass er etwas taugte, dass er ihnen sogar überlegen war! Um seinem Schwiegervater schreiben zu können, dass er trotz aller Widrigkeiten die Situation gemeistert hatte!

Und um seiner Mutter zu jedem Monatsende das versprochene Geld zu schicken!

Dann würde er sich in Tsé-Tsés Hotel begeben und wie ein richtiger Kunde eine Suite verlangen! Monsieur Philippe würde ihm nicht mehr aus dem Weg gehen! Und auch nicht Tsé-Tsé mit seinem dicken Kopf, den mickrigen Beinen, der sich für einen Fürsten hielt, weil er mit mehr oder weniger dunklen Geschäften Millionen verdient hatte.

Eugène Monti verstand ihn, verstand ihn schon jetzt. Er wagte nicht einmal mehr, zu sehr auf die Würstchen zu drängen.

Das wäre ja ein toller Witz, wenn das Ganze auf einem Irrtum beruhte. Er hatte an Grenier geschrieben. Er hatte den Brief per Luftpost abgeschickt, und Grenier war durchaus fähig, sich zu wehren, sich wieder hochzurappeln …

Dann und wann drehte sich jemand auf der hölzernen Veranda auf die andere Seite. Die alte Negerin pflegte im Schlaf zu seufzen.

Schließlich musste Dupuche wohl eingenickt sein, denn im Traum stieg er über die Fensterbrüstung im Erdgeschoss, und er öffnete die Augen in dem Moment, als die Kleine ihr Kleid auszog.

Er irrte sich nicht allzu sehr, denn er sah sie wirklich auf dem Balkon. Sie saß auf einem Schemel, das Kleid bis zu den Schenkeln hochgeschoben, während sie in einer kleinen Wanne ein Fußbad nahm.

Sie winkte ihm einen Gutenmorgengruß zu.

4

Das Kopfkissen war ihm halb übers Gesicht gerutscht, sodass er sie nur mit einem Auge anblickte, was sie zum Lachen brachte, denn es war schon lustig, einen Mann mit einem einzigen Auge zu sehen. Was Dupuche anging, so konnte er nicht umhin, dem Mädchen zuzulächeln, das sich gegen das Sonnenlicht abhob. In den Morgenstunden war das Negerviertel am geschäftigsten, vor allem auf der großen Straße, wo die Trambahn fuhr, aber auch in den anliegenden Gassen Markt abgehalten wurde.

Im Gegensatz zu dem Lärm draußen war es im Haus totenstill. Das Mädchen schöpfte mit der hohlen Hand Wasser aus der Wanne und ließ es über ihre eingeseiften Beine rinnen, dann wandte sie sich Dupuche zu, lächelte, lachte und schüttelte dabei ihr nach oben schmal zulaufendes Köpfchen.

Er richtete sich ein wenig auf, um sie besser zu sehen. Sie trocknete nun Beine und Füße ab, deren Haut zwischen den Zehen heller war, dann hockte sie sich plötzlich mit hochgeschürztem Kleid und weit geöffneten Knien über die Wanne und seifte sich den Bauch ein.

Warum begann er eigentlich zu sprechen? Seine Stimme war ein wenig belegt.

»Wie heißt du?«

»Véronique.«

Es klang wie ein Lied. Wohlgelaunt rieb sich Véronique die Scham und schnitt dabei Grimassen.

»Und du?«, fragte sie.

»Dupuche ...«

Sie griff nach einem Handtuch, um sich abzutrocknen. Ihr Kleid blieb an den nassen Körperstellen kleben. Mit zwei Schritten war sie in seinem Zimmer, nahm eine weiße Leinenmütze, die Dupuche in Martinique gekauft hatte, und stülpte sie sich auf den Kopf.

»Ist's hübsch?«

Wie ein scheues Tierchen näherte sie sich nur langsam dem Bett, beobachtete jede seiner Bewegungen, vor allem seinen Gesichtsausdruck, als befürchtete sie, dass er böse würde. Endlich stand sie ganz nahe bei ihm, und er fasste mit einer Hand nach ihrem Bein, das hart und kalt war wie polierter Stein.

»Willst du Liebe?«

Sie hatte die weiße Mütze auf dem Kopf behalten und das grüne Kleid bis unter die Achseln gerollt. Einmal horchte Dupuche auf, weil er die Treppe knarren hörte.

»Es ist nichts ... bloß Mama«, beruhigte sie ihn.

Jemand schnaufte, öffnete die Tür nebenan, schnaufte wieder, stellte die Einkäufe auf dem Tisch ab.

»Véronique!«

»Ja!«, rief die Kleine mit piepsender Stimme.

Sie ließ nicht davon ab, die Bewegungen seiner Lenden in einen regelmäßigen Rhythmus zu bringen. Noch nie hatte sich Dupuche so linkisch gefühlt. Hier geschah etwas Verwirrendes. Schweigend und lächelnd übernahm dieses halbwüchsige Mädchen die Rolle der Lehrmeisterin in ihrem Liebesspiel, wobei sie ihrem Partner aufmerksam in die Augen blickte, um das Aufflammen der Lust zu verfolgen.

Ihr Fleisch aber blieb kühl. Nein! Véronique hatte einfach Spaß an der Sache. Sie spielte die Liebe. Sie zog alle Register ihres Wissens und betrachtete Dupuche voller Zärtlichkeit und Schalk.

Als er den Kopf wegdrehte und unbeweglich liegen blieb, küsste sie ihn auf die Stirn, brach dann in Gelächter aus, sprang aus dem Bett.

»Darf ich behalten?«

Sie zeigte auf die weiße Mütze, die immer noch auf ihrem Kopf saß, und als er nickte, rannte sie damit zu ihrer Mutter.

Ein paar Minuten später zog Dupuche sich an. Er hörte die schlurfenden Schritte der Mama auf der Veranda. Eine Hand schob den Vorhang zur Seite, den er zugezogen hatte. Mit strahlendem Lächeln stand die Alte vor ihm und reichte dem neuen Mieter eine Schale heißen Kaffee.

So einfach war das also! Noch am Vortag hätte er nicht aus dieser Schale trinken wollen, und jetzt schien es ihm die natürlichste Sache der Welt.

Kurz darauf ging er hinunter, durchschritt den Laden des Schneiders. Wie gewöhnlich hob Bonaventure den Kopf und sah ihn an, aber er grüßte ihn nicht. Er gehörte sicher einer anderen Rasse von Negern an. Er lächelte nie. Er zeigte sich auch nie ohne angeknöpften Kragen und Schlips.

Auch jetzt, während er einem Mulatten einen malvenfarbenen Anzug anmaß und den Mund voller Stecknadeln hatte, büßte er nichts von seiner Würde ein, nichts von der steifen Gemessenheit, die er seinem mächtigen Leib auferlegt hatte.

Sobald Dupuche die Straßenecke erreicht hatte, wandte er sich ohne einen bestimmten Grund um und erblickte die beiden Frauen, Véronique und ihre Mama, die sich über das Geländer beugten und ihm nachsahen.

An jenem Morgen hatte er Lust, durch die »Zone« zu schlendern, und ihm war zumute, als würde er ein Bad nehmen.

Eine neue Geographie der Welt war ihm gleichsam unter die Haut gegangen, und während er den Bahnübergang überquerte, war er sich sehr deutlich bewusst, an welcher Stelle der Erdkugel er sich bewegte.

Über ihm, genauer gesagt, ihm gegenüber, gleich hinter dem zwei Kilometer breiten Kanal, zeichneten sich die Ausläufer der gewaltigen Landmasse Nordamerikas ab, während in seinem Rücken, in einer Entfernung von etwa zehn Kilometern, die apokalyptischen Landschaften Südamerikas begannen.

Das alles hatte er in Frankreich gelernt, aber damals konnte er sich nicht vorstellen, wie das in Wirklichkeit aussah.

Ein Kanal, der zwei Welten voneinander trennte ... An jedem Ende eine Stadt: Colón am Atlantik, Panama am Pazifik. Dass es aber zwischen diesen beiden Städten rein gar nichts gab, nicht einmal eine Straße, das hätte er doch nicht für möglich gehalten!

Da schlängelte er sich also in einer großen Stadt zwischen den Autos hindurch, und in weniger als einer Stunde würde er auf einen undurchdringlichen Urwald stoßen, würde ihm der Weg von unwegsamem Gebirge verstellt. Nun, das beeindruckte ihn nicht! Aber irgendwie beschäftigte es ihn doch, das und alles andere! Unaufhörlich glitten Schiffe auf dem Kanal dahin, sie kamen aus China, Peru, Argentinien, aus New York oder Europa, nahmen Kurs gen Norden, wenn sie vom südlichen Kontinent kamen, gen Süden, wenn sie vom nördlichen Kontinent kamen, oder aber sie überquerten einen der beiden Ozeane.

Immerhin brauchte ein Mann wie Tsé-Tsé nicht einmal vor sein Hotel zu treten, um beim Ton einer Sirene zu sagen:

»Eine ›W‹, die nach Frankreich ausläuft.«

Damit meinte er eines der Schiffe der Transat, deren Namen immer mit einem W begannen und die regelmäßig Passagiere und Frachtgut nach San Francisco beförderten.

Tsé-Tsé vermochte nicht nur den Namen des Schiffes zu nennen, sondern er wusste auch:

»Die Frau des Konsuls muss an Bord sein …«

Monsieur Philippe aber, dieser unauffällige, verbrauchte Mann, sprach sieben Sprachen und kannte alle Kapitäne.

Nein, seine Verstörtheit rührte nicht daher! Vielleicht war Verstörtheit auch nicht das richtige Wort. Er war eher desorientiert. Ein Flachländer bekommt ja auch im Hochgebirge Atemnot, fühlt sich nicht im Lot.

Und Dupuche war nicht im Lot! Welcher Rasse mochten zum Beispiel die Leute angehören, die geschäftig durch die Straßen eilten? Alle diese kleinwüchsigen, mageren Männer mit dunklem Haar und lebhaften Bewegungen …

Sie behaupteten durchwegs, dass sie von den spanischen Eroberern abstammten, aber sie hatten alle indianisches, oft auch schwarzes, hie und da sogar chinesisches Blut.

Es gab hier auch jede Menge Chinesen!

Darauf kam es natürlich gar nicht an! Aber anstrengend war es doch, vor allem, weil ringsherum alles in Bewegung war. Eugène Monti hatte über den Präsidenten der Republik Panama gesagt:

»Er ist ein Halbindianer vom Land, ein ehemaliger Volksschullehrer. Er hat seinen Schwager zum Botschafter in Paris ernannt, aber der will jetzt ebenfalls Präsident werden ...«

Und gleich im benachbarten Venezuela regierte ein Präsident, der über vierzig Frauen hatte und anerkanntermaßen an die hundert Kinder!

Aus diesen und anderen Gründen lenkte Dupuche seine Schritte in Richtung der »Zone«, obwohl er genau wusste, dass es ihn wütend machen würde.

Denn die Amerikaner, denen der Kanal zwar gehörte, wussten nichts von Panama, von seinen Einwohnern, von den Negern, den Präsidenten der Republik, von dem Urwald und den unmenschlichen Bergen.

Sie lebten in ihrer »Zone«, die sich den Kanal entlangzog, als wäre es ihr eigenes Land, das durch Stacheldrahtzäune und Wachtposten abgeschirmt war ..., ein liebliches, sauberes Ländchen, wohlgepflegt und erholsam, mit freundlichen Cottages, die mit hellen Vorhängen ausgestattet waren, mit gepflegten Straßen, Golf- und Tennisplätzen, mit Klubs und Teesalons für die Damen und den blitzblanken Kinderkrippen.

In so einem Land hatten gewisse Wörter einen Wert, Wörter wie »Bildung«, wie »Diplom«, wie »Anstand«, wie …

Aber in einem solchen Land hatte Dupuche nichts zu suchen. Sein Platz war diesseits der Stacheldrahtzäune, in der rasselosen Menschenmenge, unter den Mestizen, den Indianern und Negern, und er konnte sich nur an einen einzigen Menschen halten, an Eugène Monti nämlich, der an der Pferderennbahn Limonade verkaufte!

Verschwommene Bilder und Vorstellungen schwirrten ihm durch den Kopf, doch zugleich klang ihm Véroniques Lachen im Ohr, und es bewahrte ihn vor der völligen Verzweiflung.

Nie hatte seine Frau auf diese Art gelacht oder nur gelächelt. Nie hatte ihr an der Lust ihres Gefährten gelegen. Empfand sie die Liebe nicht im Grunde als etwas Abstoßendes? Jedenfalls schämte sie sich, sobald ihr sinnliches Bedürfnis befriedigt war.

Véronique aber schämte sich nicht! Sie war nicht auf ihre eigene Lust bedacht, Glück empfand sie nur, wenn die Lust in den Augen des Mannes aufflammte.

Dupuches Gesicht verfinsterte sich bei dem Gedanken, dass sie am Abend mit zufällig aufgegabelten Männern über die Fensterbrüstung stieg.

Nun, was war schon dabei, da ja nichts mehr unverrückbar an seinem Platz stand? Er hatte sich immer vorgestellt, dass er einmal als geachteter Mann in einem schmucken Häuschen in der Nähe einer Fabrik leben, dass er ein Auto, Ersparnisse und Kinder haben, dass seine Mutter sonntags zu Besuch kommen würde.

Er wanderte weiter, ohne je stehen zu bleiben. Mitunter blickte er mechanisch auf die Auslagen. Er war nicht mehr sehr weit vom Hôtel de la Cathédrale entfernt, aber er wollte nicht daran vorbeigehen.

Die beiden Kontinente, zwischen denen er sich hindurchschlängelte, erdrückten ihn mit ihren Millionen von Lebewesen, die ihm so fremd waren mit ihren zu dichten Wäldern, ihren Tieren, ihren Gebirgen und Flüssen, wie dem Amazonas, der ganz Europa hätte unter Wasser setzen können.

Aber er würde sich schon daran gewöhnen, das fühlte er, dazu war er fest entschlossen! Er würde es den anderen nachtun, Leuten wie Jef, wie den Brüdern Monti, wie Tsé-Tsé ...

Der erste Schritt war die Würstchenbude. Sei's drum!

»Monsieur Dupuche ...«

Er hatte schon einige Male seinen Namen rufen hören, ohne zu begreifen, dass er gemeint war. Schließlich holte ihn ein kleiner Hotelboy ein, der ganz außer Atem war.

»Eben war ich bei Ihnen ... Zum Glück bin ich Ihnen jetzt noch begegnet ... Sie müssen sofort kommen ...«

»Wohin denn?«

»Ins Hotel ... Jemand verlangt nach Ihnen ...«

Sie mussten nur drei Minuten gehen. Zu dieser Stunde war der Platz menschenleer, lediglich ein Gärtner goss die Blumenbeete rings um den Pavillon. Der Boy gab sich alle Mühe, mit Dupuche Schritt zu halten, er war wohl stolz darauf, dass es ihm gelungen war, ihn herzubringen, so als hätte er einen Gefangenen gemacht.

Tsé-Tsé lehnte mit aufgestützten Ellbogen am Empfang, wo Germaine saß und über ihr Kontobuch hinweg zu ihm aufblickte.

»Jemand will mich sprechen?«, fragte Dupuche sofort, ohne sie vorher zu begrüßen.

»In der Bar ... Machen Sie schnell ... Sein Schiff läuft um 12 Uhr aus ...«

Germaine rief ihn zurück.

»Trink ja keinen Pernod! ... Du weißt ja, wie er auf dich wirkt ...«

Als Dupuche die Bar betrat, erhob sich ein Mann, ging zwei Schritte auf ihn zu, blickte ihm in die Augen.

»Dupuche?«

»Ja, der bin ich.«

Er suchte in seinem Gedächtnis. Irgendwo hatte er dieses Gesicht schon einmal gesehen.

»Lamy ... Erinnern Sie sich nicht?«

Er reichte ihm nicht die Hand. Sein Blick war hart, fiebrig, die Wangen waren eingefallen, Bitterkeit presste seine Lippen zusammen.

»Setzen Sie sich ... Trotz allem wollte ich Sie sehen ...«

Auf dem Tisch stand ein Glas Whisky und Soda. Gedankenlos bestellte Dupuche dasselbe.

»Sind sie jetzt im Bilde?«

Hätte man Dupuche gesagt, er habe einen Wahnsinnigen vor sich, so hätte er sich nicht im Geringsten gewundert. Unangenehm war vor allem der bösartige Blick des anderen, auch seine Art, sich mit drohender Miene nach vorn zu beugen. Gleichzeitig zuckte es um seinen Mund, der sich zu einem sarkastischen Zähneblecken verzerrte.

»Sie sind immer noch nicht im Bilde? Dann will ich Ih-

78

nen auf die Sprünge helfen. Ich erinnere mich sehr wohl an einen gewissen Abend ... Nach einem Studentenumzug waren wir beide allein in den Straßen von Nancy zurückgeblieben ...«

»Moment mal ... Sie waren auch an der Universität ... Aber Sie waren zwei Jahre weiter als ich ...«

»Drei ...«

Lamy schien mit sich zufrieden, als hätte er einen Punkt gemacht.

»Warten Sie, ich erinnere mich sogar, dass Sie mir gesagt haben, es sei Ihr Traum, zu heiraten und Kinder zu haben ...«

Das stimmte! Dupuche hatte schon solche Gedanken gehegt, noch bevor er Germaine kennengelernt hatte.

Jetzt aber fragte Lamy mit schneidender Stimme:

»Warum haben Sie das Schiff nicht genommen?«

»Welches Schiff?«

Lautlos war Monsieur Philippe in den Raum geglitten und hatte sich in eine Ecke gesetzt. Konnte er etwas hören?

»Spielen Sie nicht das Unschuldslamm, Dupuche! Schauen Sie her!«

Er zog einen Revolver aus der Tasche, legte ihn zwischen die beiden Gläser auf den Tisch.

»Ich werde es nicht tun, warum weiß ich auch nicht.«

»Ich verstehe nicht«, murmelte Dupuche, wollte sich erheben.

»Das verstehen Sie wohl auch nicht?«

Er hielt ihm ein Telegrammformular unter die Nase, auf dem geschrieben stand:

Einen kurzen Augenblick lang schöpfte Dupuche wieder Hoffnung. Grenier war gar nicht in Konkurs gegangen! Grenier hatte telegraphiert! Doch dann sah er das Datum.

»Das Telegramm ist schon vierzehn Tage alt«, bemerkte er.

»Und?«

»Das wissen Sie nur zu gut ... Aus dem Telegramm schließe ich, dass Sie bei der S.A.M.É. gewesen sind.«

»Was Sie nicht sagen!«

»Die Gesellschaft ist in Konkurs gegangen ...«

Sie verstanden sich immer noch nicht. Lamy war so nervös, dass er einen zweiten Whisky bestellte, um sich wieder zu fangen.

»Was erzählen Sie da? Ich habe mich vor acht Tagen auf einem kleinen Linienfrachter eingeschifft, weil die billiger sind ... Ich habe mir schon gedacht, dass ich Sie hier oder in Cristobal antreffen würde ... In diesem Land trifft man sich immer irgendwo! ... Und ich habe mir vorgenommen ...«

Er warf einen raschen Blick auf seinen Revolver. Monsieur Philippe in seiner Ecke blinzelte erschrocken.

»Warum?«, murmelte Dupuche, mehr fiel ihm nicht ein.

Lamy war krank, seine Finger zitterten wie im Fieber, seine Unterlippe war unaufhörlich in Bewegung.

»Ich weiß es ja selbst nicht mehr. Ich glaubte, Sie hätten

intrigiert, um mir die Stelle abzuluchsen. Warum hätte man mich sonst zurückgerufen?«

»Ich weiß es auch nicht ...«

»Was hat man Ihnen in Paris gesagt?«

Auf einmal stieg die Erinnerung in ihm auf, und er biss sich auf die Lippe. Jetzt wurde ihm alles klar! Grenier hatte ihm gesagt:

»Der Ingenieur dort unten ist halb wahnsinnig geworden ... Laut den mir zugeschickten Berichten trinkt er Chicha und lebt mit einer Indianerin zusammen ...«

Und das war eben der Lamy, den er an der Universität Nancy gekannt hatte!

»Schießen Sie los! Was hat man Ihnen gesagt?«

»Das ist jetzt ohne Belang, die Gesellschaft ist ohnehin geplatzt. Man hat es Ihnen sicher telegraphisch mitgeteilt, aber Sie waren da wohl schon auf Ihrem Schiff ...«

»Was hat man Ihnen gesagt?«, bohrte der andere weiter.

»Ich habe erst hier von der Katastrophe erfahren, als ich meinen Kreditbrief einlösen wollte, denn anstelle von Bargeld hat man mir einen Kreditbrief gegeben. Die Bank wollte nicht zahlen ...«

Das interessierte Lamy nicht, der auf seiner fixen Idee beharrte.

»Hat man Ihnen erzählt, dass ich trinke?«

»Vielleicht hat man so etwas verlauten lassen ...«

»Und dass ich ein Kind mit einer Indianerin habe?«

»Ach! Sie haben ein Kind?«

»Das geht die nichts an! Das geht niemanden etwas an! Verstehen Sie? Hindert mich das etwa daran, die Arbeiten in der Mine zu leiten? Übrigens war da nicht viel zu leiten! ... Aber in Paris werde ich gewaltigen Stunk machen … Und wenn Sie dort hingekommen wären, wäre Ihnen das verdammt schlecht bekommen … Einen Whisky, Ober!«

Ohne ein Wort zu sagen, stand Monsieur Philippe auf und trat in die Hotelhalle.

Gleich darauf betrat Germaine die Bar, was sie sonst nie zu tun pflegte. Sie spielte die Überraschte.

»Pardon! Ich wusste nicht, dass du beschäftigt bist …«

Er verstand. Man hatte sie hereingeschickt, um dem Gespräch ein Ende zu machen, jedenfalls um Lamy daran zu hindern, sich noch mehr in seine Erregung hineinzusteigern.

»Meine Frau …«, stellte er vor. »Monsieur Lamy, der frühere Ingenieur der s.a.m.é. …«

»Sehr erfreut …«

Er feixte.

»Sie haben Glück, dass die Gesellschaft bankrott ist. O ja, ganz unverschämtes Glück …«

Germaine hatte sich gesetzt, sie verstand noch nicht.

»Ich nehme an, Grenier hat Ihnen gesagt, dass das Leben in diesem Land sehr gesund, das Klima angenehm ist … Ich hätte Sie sehen wollen, Madame, wie es Ihnen am Fluss, im Schlamm ergangen wäre, und das bei einer so fürchterlichen Hitze, dass ich an manchen Tagen nicht schreiben konnte, weil mein Schweiß die Tinte auf dem Papier verwässerte …«

Er schien sie herausfordern zu wollen.

»Und die Koliken! Haben Sie schon einmal Koliken gehabt? Wenn meine Freundin mich nicht gepflegt hätte … Ja, Madame, ich hatte eine Eingeborene zur Geliebten, die ich als meine Frau betrachtete, und sie hat mir ein

Kind geschenkt, dessen schäme ich mich keineswegs ...
Wenn ich Geld gehabt hätte, hätte ich sie nach Frankreich
mitgenommen, denn sie taugt viel mehr als ihr alle ...«

Er wollte Aufsehen erregen. Vielleicht war er überhaupt nur zu diesem Zweck gekommen. Mit einem
Schluckauf leerte er sein drittes Glas, und sicher hatte er
vor Dupuches Eintreffen schon einiges getrunken.

»Das ist eine gewaltige Schweinerei, verstehen Sie?«

Er packte seinen Revolver, schob ihn in die Tasche.

»Fahren Sie nicht mit mir nach Frankreich zurück?«,
höhnte er noch. »Hoffen Sie etwa, dass die Gesellschaft
sich wieder berappelt?«

»Wir haben kein Geld«, sagte Germaine langsam.

Er war sprachlos, sah von einem zum anderen. Zuerst
war sein Blick ernst, dann belustigt, und beinahe wäre er
in Gelächter ausgebrochen.

»Das ist ja der Gipfel ... Dann sind Sie also dazu verdammt, hierzubleiben, einfach weil Sie kein Geld haben? ...«

»Ja, Monsieur, ich arbeite in diesem Hotel, um unseren
Unterhalt zu bestreiten ...«

Zweifellos war sie sich nicht über seinen Zustand im
Klaren, denn sie sprach mit ihm wie mit einem vernünf-
tigen Menschen.

Lamy erhob sich. Nun fiel seine Magerkeit noch mehr
auf. Körperlich war er völlig ausgelaugt, gebrochen, obwohl er nur drei oder vier Jahre älter war als Dupuche.

»Ober, wie viel schulde ich Ihnen?«

Er suchte nach einem guten Abgang, etwas Komödian-
tisches war in seinem ganzen Verhalten.

»Gnädige Frau ...«

Er beugte sich über ihre Hand, schlug Dupuche auf die Schulter.

»Kopf hoch, alter Junge, lass dich nicht unterkriegen!«

»Was soll das?«, fragte Germaine.

»Ich weiß nicht ... Er ist halb von Sinnen ...«

»Was hat er dir gesagt?«

»Er kehrt nach Frankreich zurück ... Ich glaube, ursprünglich hatte er die Absicht, mich umzubringen ... Oder vielleicht doch nicht, er wollte sich wohl einfach wichtigmachen ...«

»Hast du die beiden Montis gesehen?«

»Ja, gestern Abend, als ich von hier kam.«

»Und? Was ist?«

»Nichts ... Oder doch ...«

Er machte eine Pause, sagte leichthin:

»Ich werde Würstchen verkaufen ...«

Er wollte jetzt unbedingt allein sein. Von weitem grüßte er Monsieur Philippe, der ihm nur kurz zunickte.

Er verließ das Hotel, begab sich auf die Schattenseite der Straße, eilte in die kleine italienische Bar, nachdem er sich vergewissert hatte, dass der Autohändler John nicht dort war.

Das verzerrte Gesicht Lamys, seine ausgemergelte Gestalt, um die der weiße Anzug schlotterte, wollten ihm nicht aus dem Sinn, seine Stimme klang ihm noch in den Ohren.

»Wenn er in Frankreich ankommt, wird er eingesperrt«, sagte er sich, um sich zu beruhigen. »Er ist wahnsinnig, völlig wahnsinnig.«

Und die Landkarte in seinem Kopf wurde um einen

Ort reicher: um einen Fluss, der in den Pazifik mündete und auf dem man tagelang fahren musste, um die Holzbaracken der s.a.m.é. zu erreichen. Der Schweiß, der die Tinte verwässerte, die Koliken, die Indianerin, die einen pflegte und der man ein Kind machte …«

»Sie taugt mehr als …«

Warum sagte man ihm das an eben dem Tag, an dem er mit Véronique geschlafen hatte? Wie mochte wohl diese Chicha schmecken, die aus von Eingeborenen gekautem, in Wasser gegorenem Mais hergestellt wurde?

»Heute gibt es Ravioli«, sagte der Kellner.

»Ist recht! Aber ich zahle erst morgen.«

Er hörte die Sirenen des Schiffes, auf dem sich Lamy befand. Jetzt fuhr es in den Kanal ein, und in vierzehn Tagen würde es in La Pallice anlegen. Dort würde es wohl regnen, und kalt würde es sein, denn es war Februar, und in Frankreich herrschte noch Winter.

»Ein wenig geriebenen Käse?«

»Ja, bitte …«

Es galt, all diese Geschichten in eine Ordnung zu bringen und Verhaltensregeln zu finden, an die man sich um jeden Preis halten musste.

Andernfalls …

5

An einem Abend drei Monate später, in der heißesten Jahreszeit. Die Belote-Partie bei den Montis zog sich in die Länge, der Kellner an der Bar war fast eingenickt. Alle hatten ihre Jacketts ausgezogen. Mit seinen Hosenträgern glich Fernand mehr einem Arbeiter an einem Sonntagmorgen.

Christian Colombanis Partner war Dupuche, der eben drei Karten und »Belote« angemeldet hatte.

»Zweimal Trumpf, ein Ass, Zehn sticht ...«

Eugène zählte und schrieb die Punkte auf. Christian war frisch vom Friseur hinzugekommen, und dem brünetten, dichtgelockten Haar entströmte ein süßlicher Duft.

»Übrigens, Jo ...«, begann er, während er die Karten verteilte.

Dupuche erriet, was er sagen wollte, ebenso die anderen, die sich angelegentlich in ihre Karten vertieften.

»Ich wollte dich fragen ... Würde es dir etwas ausmachen, wenn ich deine Frau zum Fest des Jachtklubs mitnehme? ...«

Ruhig, bedächtig und völlig entspannt entgegnete Dupuche:

»Aber ganz im Gegenteil!«

Seine Unbefangenheit wirkte so überzeugend, dass die anderen sich fragten, ob so viel Gelassenheit nicht doch geheuchelt war. Aber nein! Er spielte ruhig weiter, während Christian darauf brannte, sich anzuziehen, um Germaine die gute Nachricht zu überbringen, denn das Fest sollte noch an diesem Abend stattfinden. Sobald er tausend Punkte erreicht hatte, sprang er auf, vermochte seine Ungeduld kaum zu verhehlen.

»Was schulde ich dir, Fernand?«

»Zwei Runden ... Achtzig Centimes.«

In Wirklichkeit handelte es sich nicht um Centimes, sondern um amerikanische Cents. Das war nur so eine Redensart, eine von jenen tausend Kleinigkeiten, an denen die Alteingesessenen in Panama einander erkannten.

Christians Wagen stand vor der Tür. Die anderen sahen zu, wie er sich ans Steuer setzte. Eugène reckte und streckte sich, gähnte:

»Heute Abend gehe ich mit meiner Frau ins Kino!«

Man bekam sie nie zu Gesicht. Dupuche hatte sie ein- oder zweimal flüchtig auf dem Balkon ihres Hauses gesehen, das sich in La Exposición, im Viertel der Gesandtschaften befand. Man hatte ihm erzählt, dass sie einer guten Familie entstammte und ihre Eltern vermögende Leute waren. Er wusste auch, dass Eugène noch vor einigen Wochen hoffte, Vater zu werden, aber dass das Kind vorzeitig geboren und bald gestorben war. Er vermochte sich Madame Monti nur als eine gezierte, wehleidige Dame vorzustellen, die in ihrer Wohnung auf Sofas mit weichen Kissen ruhte.

»Wirklich ein netter Mensch, dieser Christian!«

Fernand sagte das nur, um das Schweigen zu brechen, aber trotzdem, es stimmte, Christian hätte, reich und verwöhnt, wie er war, wie ein unerträglicher Angeber auftreten können, doch blieb er immer ein guter Kumpel.

Jedes Mal, wenn er am Steuer seines Wagens irgendwo Dupuches ansichtig wurde, rief er:

»Wohin des Wegs?«

Und er brachte ihn an Ort und Stelle, wartete auf ihn, fuhr ihn wieder in die Stadt zurück, lud ihn ins Kelley's oder ins Rancho zu einem Bier vom Fass ein.

Drei Monate waren vergangen, was niemandem bewusst war, aus dem einfachen Grund, weil sich in diesen drei Monaten nichts geändert hatte! Doch, etwas schon! Dupuche hatte Belote spielen gelernt und sprach auch ein paar Brocken Spanisch.

Etwas hatte sich dennoch ereignet: Von Grenier war ein langer Brief gekommen, in dem dieser beteuerte, seinen Konkurrenten zum Opfer gefallen zu sein, die Schlacht sei aber noch nicht verloren. Eines Tages würde er sein Geschäft wieder flottmachen können und Dupuche für seine Mühe und Geduld belohnt werden.

Lernen Sie weiterhin die Sprache, machen Sie sich mit Land und Leuten vertraut, gewöhnen Sie sich an das Klima. Ich bin außerstande, Ihnen Geld zukommen zu lassen, denn man hat meinen gesamten Besitz verkauft, und ich selbst bewohne nun ein bescheidenes Hotelzimmer …

Der Brief trug den Kopf des Restaurants Fouquet's.

Dupuche wartete auch ohne dieses vage Versprechen. Das Warten war ihm ganz von alleine zur Gewohnheit geworden: jede Stunde war nach und nach bis auf die Minute durch Bewegungen und Handreichungen ausgefüllt, die er getreulich Tag für Tag wiederholte.

»Kommst du nach dem Kino zurück?«, fragte Fernand seinen Bruder.

»Ich glaube nicht ... Meine Frau wird nach Hause gehen wollen ...«

Nach beendeter Belote hatten sie sich nichts mehr zu sagen. Sie blieben im Kühlen sitzen und blickten den Passanten hinterher.

»Da ist Nique!«, verkündete Eugène.

Véronique, die man inzwischen nur noch Nique nannte, kam auf die Glastür zu, blickte hindurch ins Innere und wartete auf die Erlaubnis, eintreten zu dürfen. Dupuche machte ihr ein Zeichen. Sie stieß die Tür auf, gab ihm die Hand.

»Guten Tag! ... Darf ich etwas trinken?«

Auch das war zur Angewohnheit geworden, eine wohlerworbene Stellung sozusagen. Véronique hatte in der kleinen Runde Bürgerrecht. Begegnete man Dupuche, sagte man selbstverständlich:

»Übrigens. Eben habe ich Véronique gesehen. Sie schien dich zu suchen ...«

Auch Eugène hatte immer eine Mätresse, aber mindestens jeden Monat eine neue, und es ging nicht immer glimpflich ab, denn manche wollten sich nicht mir nichts, dir nichts abschieben lassen. Eine hatte sogar seiner Frau einen anonymen Brief geschickt.

Der Barkeeper wusste, was sie mochte.

»Bier mit Limonade, Nique?«

In Montis Café war es so ruhig, dass Dupuche sich zu Anfang fragte, wie er davon überhaupt leben konnte. Aber an Zahltagen war es gerammelt voll, was die anderen Wochentage wieder ausglich.

»Na, dann geh ich mal lieber …«

Dazu musste Eugène sich regelrecht aufraffen. Er seufzte, schüttelte jedem die Hand, schritt zu seinem Wagen, den er in einiger Entfernung geparkt hatte.

»Läuft das Geschäft da unten?«

»Ganz leidlich …«

Es war Zeit, sich auf den Weg zu machen, denn eben ging die Sonne unter. Dupuche überquerte den Bahnübergang, meist in Begleitung von Véronique, die ein drolliges Hütchen und schwarze Lackschuhe trug. Sie kamen an den beiden Nachtlokalen und an einem großen Café vorbei, und dann waren sie schon bei der Würstchenbude an der Straßenecke angelangt.

Dupuche hatte den Schlüssel. Den Schwarzen, die ihn bereits erwarteten, schloss er die Tür auf. Sie entfachten sogleich das Feuer, während er die Münzrollen in der Schublade verstaute.

Früher hatte er diese Arbeit als ungeheuer entwürdigend empfunden, obgleich doch eigentlich nichts dabei war. Er musste weder in eine weiße Schürze schlüpfen noch die Kunden bedienen. Dafür gab es die beiden Neger. Er fungierte als eine Art Geschäftsführer, war im Grunde der Chef, der die Warenmengen und den Kassenstand kontrollierte.

Nun bekam Véronique ihr erstes Würstchen, das sie nicht etwa auf einem Hocker sitzend, sondern auf der Straße verzehrte, um keine Aufmerksamkeit zu erregen. Dupuche musste nicht einmal hinter der Theke bleiben. Sobald die Küche in Gang war, konnte er sich auf die Terrasse an der anderen Straßenseite setzen, im Viertel herumspazieren, allerdings musste er immer wieder zur

Bude zurückkehren, um darüber zu wachen, dass die beiden Neger die Einnahmen nicht in ihre eigene Tasche steckten.

Er verdiente einen Dollar pro Tag und war bescheiden am Gewinn beteiligt.

»Ich bin deiner Frau begegnet …«

Sie knabberte an ihrem Würstchen, um das Vergnügen zu verlängern.

»Sie ging zu Vuolto …«

»Heute?«

»Vor zwei Stunden.«

Der ganze Platz roch nach heißem Öl. Der Koch kam, um sich den Schlüssel zum Eisschrank zu holen, da ihm die Würstchen ausgegangen waren.

»Bist du sicher, dass sie es war?«

»O ja! …«

Ohne ersichtlichen Grund hegte Véronique, die Germaine nur von weitem gesehen hatte, eine geradezu schwärmerische Verehrung und echte Zuneigung für sie.

»Deine Frau ist so schön!«

Auch Christian war dieser Ansicht, und noch viele andere Panamaer teilten sie. Dupuche aber war so sehr an das strenge Ebenmaß ihrer Gesichtszüge, an die herbe blonde Schönheit gewöhnt, um davon noch beeindruckt zu sein.

Doch was Véronique ihm eben mitgeteilt hatte, ließ ihn die Stirn runzeln. Christian hatte ihm nicht gesagt, dass er Germaine zu einem Kostümball einlud. Wenn Germaine aber zu Vuolto ging, dann konnte das nur den Grund haben, dass sie sich eine *bolliera* ausleihen oder kaufen wollte.

Schon lange brannte sie darauf, einmal die Nationaltracht zu tragen, den weiten Rock und das enge Mieder, das die Schultern freiließ, aber sie hatte in den letzten Tagen dieses Thema geflissentlich vermieden.

»Bist du böse?«

Véronique war immer bereit, sich zu entfernen, wenn sie spürte, dass Dupuche ihre Gegenwart lästig wurde.

»Soll ich später wiederkommen?«

Er ließ sie gehen. Ein wenig staksig wackelte die schmalhüftige Gestalt in ihrem engen hellen Kleidchen davon, gab sich den Anschein, die Auslagen zu betrachten, spielte die müßige Dame, die einen Stadtbummel macht.

»*Hello, boy*! …«, rief John im Vorbeigehen, flüchtig Dupuches Hand berührend.

Er blieb nicht stehen. Er traf immer irgendwelche Freunde, die hier Zwischenstation machten und mit denen er die Nacht durchzechte.

Dupuche setzte sich vorerst in einen Winkel der Bude. Zu Anfang hatte er sich geschämt, wenn ihn jemand hinter der Theke sah, doch inzwischen war er es gewöhnt. Es machte ihm auch nichts mehr aus, sonntags an der Pferderennbahn, wenn die Kellner überfordert waren, zusammen mit Monti Bockbier und Limonaden auszuschenken.

Natürlich fand er es nicht ganz normal, aber zugleich hing er seinen bitteren Gefühlen mit stiller Genugtuung nach.

»Sie haben gemeint, dass ich nicht durchhalten würde! … Jef hat es mir ja ins Gesicht gesagt! … Ob sie wohl allmählich einsehen, dass sie sich in mir getäuscht haben?«

Er wusste, dass Véronique zurückkommen würde, um ein wenig mit ihm zu plaudern, denn es dauerte nie lange, bis sie wieder bei ihm vorbeischaute. Er hatte ihr ans Herz gelegt, nicht mehr mit anderen Männern zu schlafen, und sie hatte es ihm, nicht ohne leise Verwunderung, geschworen. Ob sie wohl Wort hielt?

Dupuche verdiente nicht eben viel. Germaine auch nicht. Doch wenn sie haushielten, hätten sie sich doch ein Zimmer im europäischen Viertel mieten können.

»Sobald ich ein bisschen mehr bekomme …«, sagte er zu seiner Frau.

Er hatte sich möblierte Zimmer angesehen, doch er fand sie kalt, unpersönlich, geruchlos. Dazu kam noch, dass man dort Nachbarn hatte, die ihren Geschäften nachgingen, ihr eigenes Leben lebten, einander kannten und miteinander verkehrten.

Er zog es vor, durch Bonaventures Laden zu gehen, der stets voller Verachtung den Kopf wegdrehte.

Als man zum Durchstechen des Kanals schwarze Arbeiter gebraucht hatte, importierte man sie aus der französischen und englischen Karibik.

Die Eltern Véroniques, deren Familienname Cosmos lautete, stammten von der Insel Martinique, und Véronique, die zur Erstkommunion gegangen war, trug ein goldenes Kreuz an einer Halskette und sprach gebrochen Französisch.

Bonaventure betrachtete sich als Engländer und war Protestant.

»Dreckiger Neger! …«, brummelte er, wenn er am alten Cosmos vorbeikam.

Er war Schneidermeister und hatte auch ein Patent. Er

trug keine Leinenkleidung, sondern einen Anzug aus dunklem Tuch.

Er ärgerte sich darüber, dass Cosmos jeden Morgen für einen Cent Fächer kaufte und damit zum Hafen ging, wo er sich, zusammen mit anderen, auf die Passagiere stürzte, um seinen Kram loszuwerden.

Noch mehr ging es ihm gegen den Strich, dass ein Weißer es über sich brachte, mit diesem Pack zusammenzuleben. Denn von seinem Laden aus hörte er alles, was im Obergeschoss vor sich ging.

Er wusste, dass Mama Cosmos allmorgendlich auf dem Markt ihre Einkäufe machte und Dupuche mit Véronique allein war. Die beiden kamen meist spätabends zurück, da der Würstchenverkauf sich oft bis tief in die Nacht hinzog.

Auch die Mieter in den Häusern gegenüber wussten Bescheid, ja die ganze Straße.

Es war eine Art kollektives Geheimnis, und mitunter sah es ganz so aus, als würde die gutmütige Madame Cosmos den Franzosen wie ihren Schwiegersohn behandeln.

Sie ließ es übrigens nicht am nötigen Respekt fehlen! Sie putzte seine Schuhe, kümmerte sich um seine Wäsche, bügelte seine weißen Anzüge. Natürlich entlohnte er sie dafür, aber darum ging es ja nicht. Er trat in ihr Zimmer, als wäre er dort zu Hause, holte sich einen Kaffee vom Herd, Zucker aus der Blechdose. Man brachte ihm warmes Wasser zum Rasieren, und es spielte keine Rolle, ob Madame Cosmos noch im Morgenrock war oder sich gar wusch.

Man nannte ihn Monsieur Puche … Véronique sagte nur Puche. Eines Tages hatte sie ihm erklärt, dass der Vorname Jo seiner Frau vorbehalten war.

»Ich will dich nicht beim selben Namen nennen wie sie ... Das wäre nicht gut ...«

Für sie umfasste das Wort »gut« alles: Anstand, gute Sitte, Gesetz, Gefühle ...

»Nein ... Das ist nicht gut ...«, hatte sie gemurmelt, als er auf dem Heimweg durch die menschenleeren Straßen ihren Arm genommen hatte.

Sie war es, die ihn ermahnte:

»Heute musst du deine Frau besuchen.«

Es gab Tage, an denen er nicht zu ihr ging, ohne dass er hätte sagen können, warum. In Amiens hatte er Germaine sehr gern gehabt, und als junge Verlobte hatten sie ganze Abende damit verbracht, sich in irgendeiner dunklen Straße zu küssen. Auch an Bord, wo sie jeden Tag in einem frischen Leinenkleid erschien, war er verliebt gewesen.

Vielleicht hatte Tsé-Tsés Hotel eine feindselige Ausstrahlung, obwohl es so hell, freundlich und sauber war! Immer tat sich etwas in der Halle, die Bar war kühl ...

Doch vom ersten Tag an hatte man ihn mit unerträglicher Herablassung behandelt. Monsieur Philippe war ihm aus dem Weg gegangen. Tsé-Tsé hatte sich als sein Beschützer aufgespielt.

Und so sollte es weiterhin bleiben! Man reichte ihm zerstreut die Hand und beschäftigte sich sogleich mit etwas anderem. Wenn er mit Germaine spazieren ging, redete sie nur vom Hotel, von den Colombanis, von den Kunden.

»Gestern waren die Besitzer einer amerikanischen Jacht bei uns ... Bis um vier Uhr morgens sind sie geblieben, Champagner haben sie getrunken ... heute Abend brechen sie nach Tahiti auf, und von dort segeln sie nach Japan weiter ... Nächste Woche erwarten wir Douglas Fairbanks ...«

Sie teilte ihm auch Näheres über die Familie Colombani mit:

»Rate mal, was Madame Colombani vor ihrer Heirat gemacht hat? Sie war Schneiderin! Als Kammerjungfer einer panamaischen Familie, die früher in Paris lebte, ist sie hierhergekommen, und Tsé-Tsé hat sie geheiratet ... Er besitzt über vierzig Millionen ...«

Sie meinte es keineswegs böse, ganz im Gegenteil. Sie sprach einfach von dem, was sie interessierte.

»Letztes Jahr hat Tsé-Tsé dem Präsidenten das Geld für die Wahlkampagne vorgeschossen. Sie telefonieren oft miteinander und duzen sich.«

Allmählich begann Dupuche, das riesige weiße Gebäude an der Place de la Cathédrale, dieses Bauwerk mit seinem Innenhof, der geräumigen Halle, den Suiten mit Badezimmer zu hassen.

»Du sollst ja jetzt mit ihnen am Tisch essen.«

Eugène hatte es ihm gesagt. Germaine nahm ihre Mahlzeiten am Tisch der Colombanis ein, der sich an der Rückwand des Speisesaals befand. Dazu kam noch, dass Christian sich jetzt viel häufiger im Hotel aufhielt als früher.

Aus diesem Grund hatten die drei sich beim Kartenspiel vorhin so unbehaglich gefühlt, als Christian die Rede auf das Fest im Jachtklub brachte. Dupuche sagte nichts, aber vieles erriet er doch, und die anderen mochten noch so diskret sein, ihn konnte man nicht täuschen.

Saß früher nicht immer eine Frau mit im Auto, wenn Christian vorfuhr? Man pflegte ihn sogar regelmäßig damit aufzuziehen. Während der Belote-Partie beugte sich immer einer über seine Schulter, gab vor, daran zu schnüffeln:

»Schau mal an! ... Das muss wohl eine neue sein! ... Den Geruch kenne ich nicht ...«

Und Christian lächelte glücklich, denn er verbrachte seine Zeit damit, junge Mädchen aufzulesen und mit ihnen aus der Stadt zu fahren, wo es ein paar verständnisvolle Gastwirte gab.

Jetzt war er fast immer allein. Zwei-, dreimal hatte man ihn geneckt:

»Verliebt?«

Wenn Dupuche dabei war, ließ man nichts mehr davon verlauten, aber er vermochte die Anspielungen, die verständnisinnigen Blicke und das beredte Schweigen sehr wohl zu deuten.

Auch in dieser Angelegenheit, wie im Fall Véronique, herrschte unter ihnen ein komplizenhaftes Einverständnis. Jeder wusste Bescheid, und der beste Beweis dafür war, dass das Gespräch bei seinem Eintreten plötzlich verstummte.

Übrigens wunderte man sich über diese Liebe, denn Christian konnte die schönsten Mädchen Panamas haben, dazu viele Damen auf Durchreise. Was mochte ihn nur so an Germaine fesseln?

Oder besser gesagt ... Ja, das war's. Dupuche verstand ... Er war immerhin Tsé-Tsés Sohn ... Er war nicht besonders gebildet und verfügte über keine nennenswerte Kinderstube.

Germaine aber hatte das alles, vielleicht sogar ein wenig zu viel davon!

»Darf ich mir ein Würstchen nehmen?«

Véronique trat zu ihm, wiegte sich in ihren schmalen Hüften.

»Bist du traurig, Puche?«

»Nein ... Ich habe nur nachgedacht ...«

»Ich wette, dass du an deine Frau gedacht hast!«

Wusste sie denn auch davon? Möglich war es schon. Dann aber ging die Sache wirklich zu weit. Eine lächerliche Figur wollte er dann doch nicht abgeben.

»Senf, bitte ...«, sagte sie zu dem Neger, der gerade ein Würstchen zwischen zwei Brotscheiben schob. »Viel Senf.«

Sie mochte das Essen salzig, gepfeffert, gewürzt – und vor allem scharf.

»Weißt du, was wir tun sollten, Puche?«

Sie sah drollig aus, wenn sie die Stirn runzelte und nachdenklich dreinschaute.

»Wir sollten nach Colón gehen ... du und deine Frau in derselben Stadt, aber jeder für sich, das tut nicht gut ... Wir könnten uns in Colón unseren Lebensunterhalt verdienen ...«

Das andere Ende des Kanals: Colón oder Cristobal, Cristobal in der amerikanischen Zone am Hafen, Colón die panamaische Stadt!

Jefs Hotel befand sich in Colón und auch das berühmte heiße Viertel, wo ein Dutzend Französinnen ihrem Gewerbe nachgingen. In Colón konnte man nach Einlaufen der amerikanischen Flotte bis zu dreißigtausend Matrosen in den Straßen sehen.

Dupuche dachte an das Washington Hotel mit den Zimmern für zehn Dollar und dem Schwimmbecken im Park.

»Warum willst du nach Colón?«

»Ich weiß nicht ... ich glaube, es wäre besser. ...«

»Besser«, noch ein Zauberwort, dem man jeden Sinn unterlegen konnte, das eine ganze Reihe von Gedanken zusammenfasste.

Es war ›besser‹ wegen Germaine, vielleicht auch wegen Christian, nicht zuletzt auch deshalb, weil es dort nicht mehr dieses feindselige Hotel am großen Platz gab ...

Die Straße war belebt. Jeder wusste, dass sich in den vorüberfahrenden Autos schwedische Passagiere befanden, denn am Abend hatte ein schwedisches Schiff angelegt, das am nächsten Morgen wieder auslaufen würde, eine Luxusjacht, die sich auf Weltreise befand.

Im Jachtklub mit seinen großen Salons inmitten eines weitläufigen Parks, wo Dupuche schon einmal gewesen war, musste das Fest jetzt in vollem Gange sein. Germaine tanzte, und wer weiß, nach einem Tanz ...

Er spürte kaum Eifersucht. Im Gegenteil, es war ihm peinlich, als lächerliche Figur dazustehen. Christian sollte ihn nicht für einen Einfaltspinsel halten.

»Gehst du noch nicht heim, Puche?«

»Komm mich in einer Stunde abholen ...«

»So spät?«

Bratendünste stiegen ihm in die Nase, als er seine Abrechnung machte und ohne rechten Appetit etwas aß. Dann setzte er sich nach draußen hinter die Bretterbude, während Kutscher und Chauffeure ihr Abendessen einnahmen und Bier tranken. Er hatte unlängst eine überaus merkwürdige Postkarte erhalten. Sie war in La Rochelle abgestempelt und zeigte die neue Mole.

An den berühmten Ingenieur Dupuche
Überläufer und Direktor auf Zeit
der s.a.m.é.
Zu Händen des französischen Gesandten
in Panama.

Noch närrischer war die Unterschrift:

Lamy-mi-fa-sol-la-si-do

»Hast du Véronique gesehen?«

Er hob den Kopf. Er war mit seinen Gedanken woanders, und nur mit Mühe befand er sich wieder an seiner Würstchenbude, vor ihm stand ein junger Neger mit verlegenem Lächeln.

»Sie ist gerade mit ein paar Touristen, einem Mann und zwei Frauen, ins Hotel gegangen ... Sie hat den kleinen Tef, einen dreckigen Negerjungen, mitgenommen ...«

Der mit ihm sprach war ebenfalls ein Neger von fünfzehn Jahren, aber das wollte nichts heißen, denn für einen Schwarzen ist ein anderer Schwarzer allemal ein dreckiger Neger.

»Was redest du da für Unsinn? Scher dich weg!«

Der Junge machte sich aus dem Staub. Ungläubig setzte Dupuche sich wieder auf seinen Klappstuhl, aber er hatte kein gutes Gefühl.. Es war schon Mitternacht. Er sah den Wagen Eugène Montis vorbeifahren und erhaschte einen Blick auf seine Frau im Abendkleid.

Eine halbe Stunde verging, eine Dreiviertelstunde. Die Straßen wurden immer menschenleerer, es fuhren kaum noch Autos vorüber, das Orchester im Kelley's war deutlich zu hören. Eine Animierdame kam, um ein Würstchen zu essen.

»Man erstickt da drin«, sagte sie. »Das Lokal ist voller Schweden ...«

Dann zeichnete sich plötzlich die schmale Gestalt Véroniques an der Straßenecke ab, die mit festen Schritten näher kam.

»Wo kommst du her?«

»Was ist, Puche?«

»Ich frage dich, wo du herkommst.«

Er zog sie von der Bude weg in eine dunkle, verlassene Straße, um ihr nicht vor seinen Leuten eine Szene zu machen.

»Du tust mir weh ...«

Er hatte sie wirklich sehr hart am Arm gepackt.

»Was hast du getrieben?«

»Lass mich los! ... So hör doch ...«

In ihren großen Augen war kein Schuldbewusstsein zu erkennen, nur der kindliche Wunsch, einander wieder gut zu sein.

»Hör doch ... Puche ... Jim hat ...«

»Welcher Jim?«

»Der Chauffeur ... Er wohnt neben uns, beim Wassermelonenhändler. ...«

»Na und?«

»Er hat angehalten ... In seinem Wagen saßen ein Herr und zwei hübsche Damen ...«

»Dann ist es also wahr?«

»Nicht doch, Puche ... Ich hab wirklich nichts Schlimmes getan ... Er hat mir bloß zehn Dollar geboten, wenn ...«

Er hielt ihre Handgelenke umklammert, sie hatte Angst, dass er ihr weh tun würde.

»Wenn was?«

»Wenn ich mit einem kleinen Kumpel komme ... Ich sollte sie im Glauben lassen, dass er mein Bruder ist ...«

»Was?«

»Ich wollte ja nicht ... Da hat mir der Herr durch die Wagentür zwanzig Dollar gereicht.«

»Hast du sie angenommen?«

Aus ihrem winzigen verknautschten Täschchen zog sie zwei Zehndollarnoten.

»Er hat mich nicht angerührt ... Sie haben alle drei nur dagestanden, er und die beiden Damen, um zuzusehen ... Eine der Damen war sehr hübsch ... Sie wäre beinahe in Ohnmacht gefallen ... Wir haben sie in einen Sessel setzen müssen ...«

»Und du?«

»Bist du eifersüchtig, Puche?«

»Und du, was hast du gemacht?«

»Da ist doch nichts dabei, es war ja nur ein kleiner Neger! Jim, der Chauffeur, hat ihn geholt ... Ich kenne ihn nicht einmal ...«

Immer noch hielt sie, wie eine Opfergabe, die beiden Banknoten in der Hand. Er entriss sie ihr, knüllte sie zusammen und warf sie in die Gosse.

»Schweinerei!«, knurrte er.

Mit Riesenschritten kehrte er zu seiner Bretterbude zurück, während sie ohne Rücksicht auf seine sittlichen

Gefühle die Scheine aufsammelte, säuberlich faltete und wieder in ihre Tasche steckte.

Er war wütend. Er bekam kaum Luft. Er brüllte den einen der beiden Jungen an, der mit dem Würstchen zu viel Brot servierte.

Erst in einer Stunde konnte er schließen, wegen all der Schweden, die noch keine Lust hatten, an Bord zu gehen, würde es vielleicht sogar noch später werden.

Privatautos mit Damen im *Bolliera*-Kostüm, goldene Blumen und künstliche Edelsteine im Haar fuhren vorbei. Sie konnten nur vom Jachtklub kommen, aber es waren die Frauen von Honoratioren, von Diplomaten und Ministern, die anderen würden bis zum frühen Morgen tanzen.

Nur wenige Kunden kamen zur Würstchenbude: einige Taxifahrer, immer dieselben, zwei oder drei junge Leute aus der Stadt, die sich kein Essen im Restaurant leisten konnten und sich doch vergnügen wollten.

»Wir machen zu!«, sagte Dupuche endlich zu seinen Gehilfen, die die Vorderseite der Bude mit Brettern verschlossen.

Als er den Schlüssel umdrehte, bemerkte er einen Schatten neben der Tür. Véronique hielt mit beiden Händen ihr Täschchen fest.

»Was machst du denn hier?«

Sie gab keine Antwort, ging hinter ihm her. Ohne ein Wort nahm sie ganz einfach ihren Platz wieder ein, und vielleicht wusste sie auch, dass sein Zorn bald wieder verfliegen würde.

»Hat er dich wirklich nicht angerührt?«

»Wer?«

»Der Schwede.«

»Er hat mein Bein angehoben, weil die jüngere der beiden Damen nicht gut sehen konnte.«

»Ist das alles?«

»Das ist alles. Du bist böse, Puche …«

Natürlich war er das! Sie schritten über das Bahngleis. Sie gelangten in das wärmere, stillere Dunkel des Negerviertels.

»Warum hast du das gemacht?«

»Wegen der zwanzig Dollar … Für zehn wollte ich's nicht tun.«

Sie hängte sich bei ihm ein.

»Puche!«

Auf dem holprigen Weg stolperte sie immer wieder, weil sie zu hohe Absätze trug.

»Was ist schon dabei, Puche?«

In der Ferne hörten sie die Autos, die in Richtung Hafen fuhren, zum schwedischen Schiff, das am nächsten Morgen Kurs auf Tahiti nehmen würde, wo die Chauffeure am Abend die zur Verfügung stehenden Mädchen aufsammelten …

»Wir sollten nach Colón gehen.«

»Halt den Mund!«, sagte er.

Auf Zehenspitzen schlich er durch den Laden Bonaventures, der nur Verachtung für ihn hatte.

»Gute Nacht, Puche …«

»… Nacht …«

Er trat in sein Zimmer und hörte gleich danach, wie sie sich neben ihren schnarchenden Eltern ein Plätzchen auf der Veranda suchte.

Er wäre jede Wette eingegangen, dass Germaine immer

noch tanzte, dass sie bis zur letzten Minute auf dem Ball blieb, bis die Musikanten die Instrumente in ihre Behältnisse packten und die Hälfte der Lampen löschten, um das Zeichen zum Aufbruch zu geben.

Bestimmt konnte dieser strohdumme Christian sein Glück kaum fassen!

6

Manchmal fragte er sich wirklich, ob die Colombanis nicht ein abgekartetes Spiel trieben. Wann immer Dupuche auf den großen Platz kam, unweigerlich sah er Christian an der Kasse lehnen, obwohl er doch stets behauptet hatte, sich nie um das Hotel gekümmert zu haben. Jeden Morgen erschien er in einem frischen Anzug – mitunter wechselte er ihn sogar im Laufe des Tages –, und seine Haare rochen mehr und mehr nach Frisiersalon. Stundenlang stand er bei Germaine, lächelte sie an, erzählte ihr Geschichten, die sie zum Lachen brachten.

Wenn Dupuche ins Hotel trat, streifte er ihm nur flüchtig die Fingerspitzen und murmelte:

»Wie geht's?«

Germaine aber war nicht nur bei blendender Gesundheit, sie war auch schöner denn je. Sie schien dafür geboren, an der Kasse eines großen Hotels zu sitzen. Sie wirkte ruhig, strahlte Entschlossenheit und Selbstvertrauen aus, und wenn sie den Kopf hob, um ihren Mann zu begrüßen, erweckte sie fast den Eindruck, er sei ein Kunde für sie.

»Hast du mir etwas Bestimmtes zu sagen?«

Ja und nein! Wenn er damit anfangen würde, käme er zu keinem Ende, und zudem würde sich ihre Beziehung noch verschlechtern.

»Ich schaue nur kurz vorbei …«, entschuldigte er sich.

Sobald er dem Hotel den Rücken kehrte, ging das Leben wieder seinen Gang. Christian und Germaine lachten über Nichtigkeiten, wie es Verliebte eben tun, und die alten Colombani sahen dem Treiben wohlgefällig zu.

Niemand hegte den geringsten Zweifel an ihrem Einverständnis, und dass Christian sich in Germaine verknallt hatte, war ein offenes Geheimnis. Tsé-Tsé und seine Frau waren entzückt, lächelten dem Paar verständnisvoll zu, verschafften ihnen Augenblicke der Zweisamkeit, als wären sie miteinander verlobt.

Was war aber mit Dupuche? Immerhin war er verheiratet! Er gab wohl eine recht kümmerliche Figur ab! Nahm man denn Jefs Prophezeiung wörtlich und hoffte, dass er nicht einmal ein Jahr lang durchhalten würde und der andere seinen Platz einnehmen könnte?

Er hatte es vorgezogen, von der Bildfläche zu verschwinden. Nicht endgültig, nein das nicht! Er war fortgegangen, ohne wirklich fort zu sein. Er hatte die Gelegenheit beim Schopf gepackt, als Eugène ihn gebeten hatte:

»Würdest du zu Jef fahren und ihm zwischen zwei Zügen dieses Päckchen bringen?«

Es handelte sich um ein fest verschnürtes, versiegeltes Päckchen, das der Bär persönlich einem Mann aushändigen sollte, der sich nach Frankreich einschiffte.

Dupuche saß im fahrenden Zug. Er blickte auf die vorüberrgleitenden Wälder, die für den Menschen undurchdringlich waren. Er befand sich auf der Schattenseite. Er rauchte eine Zigarette und fühlte sich überaus wohl. Nicht eigentlich glücklich, aber es war ihm leicht ums Herz.

Er hatte keinen bestimmten Entschluss gefasst. Er wollte nicht einmal wissen, ob er in Colón bleiben würde. Er fragte sich sogar, ob man ihn nicht dorthin geschickt hatte, damit Christian und Germaine ungestört waren.

Er war nicht eifersüchtig. Wenn er seine Frau traf, empfand er nichts außer eine Art Groll.

Es war nicht seine Schuld, und vielleicht war es auch nicht die ihre. Möglicherweise hätten sie die Leere, die zwischen ihnen herrschte, nie bemerkt, wenn sie sich nicht plötzlich in einem wildfremden Land befunden hätten, völlig mittellos und ohne jede Aussicht auf Hilfe.

Wer weiß, vielleicht hätten sie sonst ihr ganzes Leben in dem Glauben verbracht, einander zu lieben?

Die Katastrophe war eingetreten und hatte sie nicht in einer Aufwallung von Zärtlichkeit einander näher gebracht. Ganz im Gegenteil! Dupuche ging hinunter, um sich zu betrinken, und als er sternhagelvoll ins Zimmer zurückkehrte, beschimpfte Germaine ihn ziemlich grob.

Tsé-Tsé bot Germaine eine Anstellung als Kassiererin an, und sie nahm sie an, ohne sich vorher mit ihm zu besprechen, obwohl sie damit ihre Trennung besiegelte.

Als mildernde Umstände konnte man anführen, dass sie in Bedrängnis in eine neue Welt verpflanzt worden waren, in der sie sich nicht zurechtfanden, doch im weiteren Verlauf hatte sich die Kluft zwischen ihnen vertieft, sodass Germaine ihrem Mann zum Beispiel nicht einmal mehr die Briefe ihres Vaters zeigte, während er sich damit begnügte, ihr mitzuteilen:

»Mama hat mir geschrieben … «

Und doch war er ein liebebedürftiger Mensch. Oft dachte er, dass es in ihrem Leben nur sie beide gab, dass nichts ihrer Liebe entgegenstand, ja dass in ihrer Liebe ihre einzige Rettung lag. Der Gedanke aber, dass es unmöglich war und er nicht einmal den Grund dafür wusste, schnürte ihm die Kehle zu.

Er nahm sich vor, Germaine bei ihrem nächsten Besuch in die Arme zu nehmen, ihr zu sagen ... Ja, was nur? ...

Nichts. Er hatte ihr nichts zu sagen. Sie war einfach zu selbstbewusst mit ihrem glatt gekämmten Haar, dem ruhigen, gelassenen Gesichtsausdruck, dem frisch gebügelten Kleid.

»Puche ...«

Er glaubte, Véroniques Stimme zu hören, und er lächelte im Zug vor sich hin. Er versuchte, sich die Stimme seiner Frau vorzustellen, wenn sie ihn leise rief:

»Jo ...«

Nein! Sagte Véronique »Puche«, war ihr das schon genug, es bedeutete nicht, dass sie dem noch etwas hinzufügen würde. Sie sprach seinen Namen einfach zu ihrem Vergnügen aus, und dabei lachten ihre Augen. Wenn Germaine »Jo« sagte, leitete das einen ganzen Satz ein.

»Jo! Madame Colombani hat mir erklärt ...«

Jenseits der weißen Gebäude der Schifffahrtsgesellschaften erblickte er das Meer. Der Zug fuhr direkt an den Schornsteinen der Schiffe vorbei und hielt vor den Läden, in denen japanische Seidenstoffe, Elfenbeinschnitzereien, Parfumfläschchen und Andenken feilgeboten wurden.

Auch hier schlenderten weiß gekleidete Männer und Frauen mit Tropenhelmen auf dem Kopf von Auslage zu Auslage, wunderten sich über alles, wechselten Geld, warfen Postkarten ein. Die fetten Levantiner versuchten, ihnen ihre Waren aufzuschwatzen, als würde es sich immer um dieselben Personen handeln.

Dupuche kam durch eine Straße, in der sich ein Nachtlokal an das andere reihte, den Eingang dazu bildete jeweils eine amerikanische Bar, an deren Theke dreißig Personen Platz fanden. Um diese Stunde war es ruhig in der Straße, und in den Bars hockten nur wenige Matrosen mit weißen Mützen, die ein Bier tranken.

Jemand zeigte ihm Jefs Hotel, ein drittklassiges, aber doch recht komfortables Haus. Gleich daneben befand sich ein Café, dessen Bänke mit Moleskinpolstern ausgestattet waren. Jef saß dort ganz allein auf einem Stuhl und las mit der Brille auf der Nase in einer amerikanischen Zeitung. Er blickte zu Dupuche auf.

»Sieh mal einer an! Bist du jetzt hier?«

Sie hatten sich nur ein einziges Mal gesehen, aber auch Dupuche hatte sich inzwischen angewöhnt, alle Leute zu duzen.

»Eugène hat mich gebeten, dir ein Päckchen zu bringen …«

»Ach so! … Schon gut …«

Sofort schloss Jef das Päckchen in einer Schublade der Theke ein.

»Was möchtest du trinken?«

»Ein Bier …«

Er fühlte sich eigentlich recht wohl in diesem leeren Raum, in dem es angenehm kühl war. Anders als bei den Montis wirkte hier alles viel europäischer, es gab Serviettenringe aus Metall und facettierte Spiegel an den Wänden.

»Zum Wohl! … Fährst du heute Abend wieder zurück?«

Jef hatte einen massigen Körper. Trotz des vielen Fettes spürte man, dass er eisenhart und bärenstark war. Er blickte immer schräg von unten nach oben, während sein Mund so tat, als würde er auf etwas herumkauen.

»Ich weiß noch nicht. Hättest du nicht irgendwo eine Arbeit für mich?«

Jef musterte sein Gegenüber, hielt nach den Spuren seines dreimonatigen Aufenthaltes in Panama Ausschau.

»Schwitzt du immer noch so stark?«

»Immer noch!«

»Das ist eher gesund, macht aber keinen guten Eindruck. Noch ein Bier? ... Warum willst du in Colón bleiben?«

»Ich weiß nicht.«

»Es klappt wohl nicht mit deiner Frau. Das habe ich gleich vorhergesehen und es auch Tsé-Tsé gesagt. Die Frauen sind verdammt schlau, selbst die dümmsten. Sie hat gemerkt, dass du nicht viel aushältst und ihr nicht von Nutzen sein würdest ...«

Er nahm ein Cachou-Bonbon aus einer kleinen gelben Dose und legte es auf seine dicke Zunge. Sie schwiegen beide. Das war immer so mit Jef. Er blickte oft lange wortlos vor sich hin, und keiner wagte das Wort zu ergreifen, denn dann warf er einem einen bitterbösen Blick zu.

»Kannst du inzwischen Spanisch?«

»Genug, um mich durchzuschlagen.«

»Wenn das so ist, verstehe ich nicht, warum du nicht ins Schiffsgeschäft einsteigst ...«

»Was soll das heißen?«

»Du gehst als gut gekleideter Herr an Bord eines

Schiffes, als ob du jemanden abholen wolltest. Du pickst dir interessante Kunden heraus und bringst sie in die Stadt. Die Ladenbesitzer geben dir zehn Prozent, und in den Nachtlokalen kannst du bis zu dreißig verdienen ...«

Jef beobachtete ihn schweigend, dann sagte er:

»Das ist keine Schande ...«

Er wartete noch eine kleine Weile.

»Auf französische Schiffe brauchst du ja nicht zu gehen ...«

Meine liebe Germaine!

Ich schreibe dir in aller Eile diese Zeilen, damit der Brief noch heute Abend mit dem Zug abgeht und du dich nicht beunruhigst. Jef, bei dem ich mich gerade befinde und der mir für die ersten Tage ein Zimmer zur Verfügung stellt, hat mir geraten, in Colón zu bleiben, wo es bessere Möglichkeiten gibt sich durchzuschlagen als in Panama, weil die Schiffe hier länger Zwischenstation machen. Ich werde dich auf dem Laufenden halten. Grüße die ganze Familie Colombani und Monsieur Philippe von mir.

Hoffentlich bis bald. Ich umarme dich.

Was hätte er schon anderes schreiben sollen. So war es korrekt, nicht gar zu kühl. Germaine würde übrigens froh darüber sein, noch mehr aber Christian. Er fügte noch einen Nachsatz an:

Kümmere dich nicht um meine Sachen. Ich schreibe auch an die Brüder Monti; sie sollen sie mir nachschicken. Geld brauche ich im Augenblick keines.

Das hätte er hinter sich! Jef saß ihm gegenüber und las Zeitung. In einem Sonnenstrahl tanzten die Fliegen, Küchengerüche durchzogen das Haus.

Dupuche klebte gerade den Brief zu, als eine Tür sich öffnete, die zu einer Treppe führte.. Eine noch recht junge Frau in einem hellen Seidenkleid, auf dem Kopf einen ausladenden Strohhut, trat ins Café, blieb mitten im Raum stehen.

»Was, du bist schon auf?«, brummte Jef.

»Ja! Ich muss zur Post ...«

Fragend blickte sie auf Dupuche, und Jef erklärte:

»Ein Kumpel, der auf die Schiffe gehen wird ...«

Sie wandte sich zur Tür, und als sie in der Sonne stand, sah Dupuche ihren Körper durch den leichten Stoff hindurchschimmern.

»Das ist Lili«, sagte Jef, als sie den Raum verlassen hatte. »Sie tanzt im Atlantic und lebt hier im Hotel. Es kommt sehr selten vor, dass sie so früh aufsteht ...«

Es war fünf Uhr nachmittags. Die Sonne war noch heiß, aber die Schatten auf den Straßen wurden schon breiter.

Lieber Eugène ...

Da Véronique nicht lesen konnte, musste sich Dupuche wohl oder übel an jemand anderen wenden.

Ich glaube, dass ich in Colón bleibe, wo ich auf Jefs Rat hin ins Schiffsgeschäft einsteige. Könntest du so gut sein und zu Véronique gehen, um ihr zu sagen, sie solle mit meinen Sachen zu mir kommen. Sie weiß, wo sich alles

befindet. Sollte sie das Fahrgeld nicht haben, so leih ihr
doch bitte das Nötige.
Ich danke dir im Voraus für deine Hilfe und auch für
alles, was du bisher für mich getan hast. Übrigens kom-
me ich sicher von Zeit zu Zeit wieder, um meine Frau
zu besuchen und euch die Hand zu drücken.
Herzliche Grüße

Das war auch recht gut gelungen, und Dupuche brachte die beiden Briefe zum Zug, begegnete Lili, die vor den Läden auf und ab promenierte und nach der sich alle Männer umsahen.

Ein wenig unbehaglich war ihm nur beim Gedanken, dass er es nicht gewagt hatte, mit Jef über Véronique zu reden.

Aber sie fehlte ihm bereits, und sie würde sich nützlich machen, ihm vor allem seine Kleider in Ordnung halten.

Der Abend war anstrengend.Er musste wieder von vorn anfangen, sich wieder mit einem anderen Klima, fremden Gesichtern, neuen Verhaltensregeln vertraut machen. Bei seiner Rückkehr traf er im Café vier Franzosen an, die Belote spielten und Picon mit Grenadine tranken. Jef stellte ihn vor, und die Franzosen rückten zur Seite, um ihm Platz zu machen.

Doch keiner kümmerte sich um ihn. Wenn sie in ihrem Spiel innehielten, redeten sie über ihre persönlichen Angelegenheiten, vor allem über Pferderennen. Sie erwähnten auch einen gewissen Gaston, der ihnen von Marseille aus telegraphieren sollte.

In dem hinteren Raum begann man damit, die Tische zu decken, und aus der Küche drangen immer köstlichere Düfte, sodass er für einen Augenblick glauben konnte, in Frankreich zu sein.

Jef zwinkerte Dupuche zu, nahm ihn beiseite. »Hast du Geld?«

»Etwa zehn Dollar …«

»Na gut! Ein paar Tage, bis du allein zurechtkommst, gebe ich dir Kredit. Du kannst hier schlafen und essen …«

Er sagte das in einem bärbeißigen Ton und wies auf einen der Tische.

»Da, setz dich hin!«

Lili nahm an einem Nebentisch Platz und las beim Essen in einem Roman. Es kamen noch andere Frauen, die nur eine Suppe und ein wenig Obst verzehrten und das Hotel sofort wieder verließen. Dupuche reimte sich zusammen, dass sie die Französinnen waren, die im heißen Viertel ihrem Gewerbe nachgingen und den Belote-Spielern unterstanden.

»Du könntest Lili bitten, dich ins Bild zu setzen«, ließ Jef sich vernehmen. »Sie ist ein gutes Mädchen. Sie fängt erst um zehn Uhr an. Sie zeigt dir die Lokale, in die du die Kunden bringen kannst. Na, Lili? … Hast du gehört?«

»Wird gemacht.«

Wie gut sich hier alles anließ! Eigentlich war es in Colón viel lustiger als in Panama, denn es handelte sich um keine richtige Stadt, man hatte nur mit Blick auf die Touristen gebaut, die hier Zwischenstation machten.

In den fünf oder sechs Häuserblocks gab es nichts außer Andenkenläden, Wirtshäusern, Bars und Nachtlokalen, und dann gelangte man auch schon, genau wie in Panama, in das Negerviertel mit seinen eng aneinandergeschmiegten Holzhäusern.

»Sie kennen Colón nicht?«, fragte Lili, die wegen ihrer überhohen Absätze nur winzige Schritte machen konnte.

Brünett und mollig, sprach sie mit einem Akzent aus Toulouse oder Agen.

»Ich bin seit sechs Monaten hier. Vorher habe ich in Kalifornien mit einer Truppe gearbeitet ... Da, sehen Sie... Da beginnt das heiße Viertel ...«

Die Holzhäuser hier unterschieden sich nicht von den anderen, doch statt der Läden sah man im Erdgeschoss kleine Salons oder Zimmer, die sich unmittelbar zur Straße hin öffneten.

In jeder Kammer saßen Frauen: Schwarze, Mulattinnen und Weiße.

»Die da hat eben bei Jef zu Abend gegessen. Weißt du, wie viel sie jeden Abend verdient? Fünfzehn bis zwanzig Dollar! Jahr für Jahr macht sie mit ihrem Mann zwei Monate Urlaub in Frankreich ...«

Lili führte ihn in alle Nachtlokale. Die Musiker, die sich schon auf dem Podium befanden, warteten auf die ersten Kunden, um mit dem Spielen zu beginnen. Vor den Spiegeln standen Animierdamen, die ihr Aussehen kritisch überprüften.

»Hier ist das Atlantic, wo ich arbeite, das eleganteste Lokal. Der Satz ist hier dreißig Prozent vom Champagner und zwanzig von den übrigen Getränken. Mein Tisch steht hinten rechts ... Wenn du mir Kunden verschaffst, gebe ich dir auch etwas dafür ...«

Sie verließen den in malvenfarbiges Licht getauchten Saal und betraten das Moulin-Rouge nebenan.

»Nicht ganz so schick ... Die Animiermädchen sind Farbige ... Im Atlantic ist das verboten ...«

Dann kamen sie ins Tropic, wo die Frauen hässlich und die Tischtücher von zweifelhafter Sauberkeit waren.

»Heute Abend gehst du einfach von Lokal zu Lokal. Wenn die Touristen essen wollen, führ sie ins Restaurant hinter dem Tropic, es ist das beste.«

Mit einem Mal gingen sämtliche Leuchtreklamen an, amerikanische Matrosen zogen in Gruppen durch die Straßen.

»Bis später ... Es wird Zeit für mich ...«

Dupuche war lange unterwegs, schließlich trat er in eine Bar, setzte sich auf einen Hocker, bestellte Whisky. Aus allen Häusern rieselte Musik, die zu einem misstönenden Gedudel verschmolz. Taxis brachten die ersten Schiffspassagiere in die Stadt. Sie hatten hübsche Frauen bei sich, meist Blondinen, die einen in Abendkleidern, die anderen in Strandanzügen. Schwarze schlängelten sich durch die Menschenmenge, boten allen möglichen Krimskrams feil, Fächer oder Blumen, Erdnüsse, Scheiben von Wassermelonen, Bübchen öffneten Wagenschläge, putzten Schuhe, verkauften Lose. Ein Mann, der neben Dupuche an der Theke hockte, redete ihn auf Englisch an und wollte ihn zu einem Drink einladen. Er war schon betrunken und suchte in seinem Gedächtnis nach französischen Brocken, die er während der letzten Kriegsmonate in Nordfrankreich aufgeschnappt hatte.

»Amiens ... Compiègne ...«, wiederholte er unaufhörlich.

Dann erklärte er ihm, dass er nach Tahiti reise, wo er sich eine Insel kaufen und sie bebauen wollte.

Er hatte so große Angst davor, allein zu bleiben, dass er

sich an Dupuche klammerte und wild auf ihn einredete, während er ihn an der Schulter packte.

»Chicago, kennen Sie?«

»Nein.«

»New Orleans, kennen Sie?«

»Auch nicht.«

Verzweifelt suchte er nach Worten, und Dupuche bemühte sich vergeblich ihm klarzumachen, dass er Englisch verstand.

Jedenfalls war seinen Reden zu entnehmen, dass er schon betrunken war, als er Chicago verließ und dass er bis Tahiti in diesem Zustand bleiben wollte, um sich auf der Reise nicht zu langweilen.

Der Barkeeper zwinkerte Dupuche zu. Der Amerikaner zog ein paar Banknoten aus seiner Westentasche, warf sie auf die Theke und zog seinen Gefährten hinter sich her.

»Tahiti! ... Einfach himmlisch! ... Kennen Sie Tahiti? ... Nizza! ... Auch himmlisch! ... Kennen Sie Nizza?«

Sie traten in eine andere Bar und zechten weiter. Doch hier wäre der Yankee beinahe in Wut geraten, weil man ihm keine Oliven brachte.

»Gehören Sie zu dem?«, fragte jemand Dupuche.

»Nein ... Ich kenne ihn nicht ...«

»Wissen Sie den Namen seines Schiffes?«

Ohne Erfolg befragte man den Betrunkenen, der immer nur Oliven verlangte. Der Name seines Schiffes war ihm entfallen, und gegen drei Uhr morgens setzte er sich schließlich auf den Randstein, den Kopf in die Hände gestützt, und betrachtete betrübt seine Füße. Er hatte noch mindestens dreihundert Dollar in der Tasche, und Dupuche fragte sich, ob er sie ihm nicht abnehmen sollte.

»Ist Ihr Schiff heute eingelaufen?«, fragte er.

»Das ist mir völlig schnuppe.

»Sie müssen an Bord zurückkehren. Versuchen Sie doch, sich an den Namen zu erinnern ...«

Vor ihnen blieben Leute stehen. Jemand sagte:

»Das Schiff mit Kurs auf Tahiti ist die Ville-d'Amiens, sie läuft heute Nacht aus ...«

Da bugsierte Dupuche seinen Kumpan in einen Wagen, fuhr mit ihm zum Hafen, erkundigte sich nach dem Schiff.

»Die Ville-d'Amiens? Sie lichtet gerade den Anker ...«

Der Amerikaner wurde in ein Schnellboot gesetzt, das in die Nacht raste. Dupuche blieb allein auf dem Kai zurück und war so benommen, als wäre das Abenteuer ihm selbst zugestoßen.

Er wollte mit Lili plaudern und trat ins Atlantic, aber sie saß mit einem Fremden am Tisch und lächelte ihm nur flüchtig zu.

Er war doch verheiratet! Und seine Frau befand sich am anderen Ende des Kanals! Traurig war er nicht, nein, das nicht! Aber es machte ihm doch etwas aus, vor allem zu dieser Stunde, und er wiederholte für sich die Worte des Yankees:

»Tahiti! ... Einfach himmlisch! ...«

In Amiens beneideten ihn auch alle um seine Südamerikareise. Auch Tahiti war sicher nur eine Fata Morgana. Nichtsdestoweniger tat ihm das Herz weh, wenn ein Schiff auslief, ganz gleich in welche Richtung. Vor allem schmerzte ihn der Anblick der Passagiere ... Schneeweiß gekleidete Menschen auf einem blitzblanken Deck ... Lächelnde Menschen, denn Passagiere lächeln immer, und man sieht ihnen an, dass sie sorglose Tage verbringen werden, dass sie vom Speisesaal in den Salon, vom Salon zur Bar irren, dass sie Bridge spielen werden oder Spiele an Deck, die so unschuldig sind wie Kinderspiele ...

Und die Zwischenstationen! Man ruft sich beim Namen! Man bildet Grüppchen! Mit dem Feldstecher blickt man auf den näher rückenden Kai. Man erkundigt sich nach der Währung des Landes, findet alles drollig, angefangen mit dem Neger, der einem Postkarten verkaufen will, und dem Chauffeur, der ein so komisches Kauderwelsch spricht, bis zur Uniform der Zollbeamten und der altmodischen Form der Autos ...

Er kehrte ins Hotel zurück und traf Jef an, der mit zwei späten Kunden an einem Tisch saß. Sie sprachen nicht miteinander, blickten nur stumm vor sich hin und genossen die kühle Nachtluft. Jemand bedeutete ihm, an ihrem Tisch Platz zu nehmen.

So war es wohl tagaus, tagein, genau wie bei den Montis, mit dem einzigen Unterschied, dass dieses Café besser beleuchtet und sauberer war und dass es keine schwarze Kundschaft gab.

Dupuche bestellte eine Anisette mit Wasser und ließ sich auf die Bank fallen.

Einen Augenblick lang fragte er sich, worauf seine Tischgenossen warten mochten, doch gleich darauf traten zwei Frauen zu ihnen, und er wusste Bescheid.

»Ich bin völlig erledigt, und Hunger habe ich auch!«, sagte die eine.

Die andere dagegen küsste einen der Männer und setzte sich schweigend zu ihm.

»Zwei Gratinées!«

Jef sah Dupuche an, der errötete, weil der andere seine Gedanken erraten hatte.

»Ich wette, dass du auch eine Zwiebelsuppe vertragen kannst. Bob, drei!«

»Viel los?«

»Fast niemand auf dem französischen Schiff ... Zwei oder drei Beamte mit ihren Frauen ... Sogar ein Ehepaar mit einem Kind an der Hand ... Dann das chilenische Schiff ... Immer dasselbe Lied ... Mit ihrer Währung ... Sie können sich einfach nichts leisten ... Sie fragen immer: ›Wie viel macht das in Pesos?‹«

Alle gähnten. Jef hatte sich bequem auf seinem Stuhl zurückgelehnt, als wollte er seinem Bauch auch einmal eine angemessene Stellung gönnen, und aus seiner Hose ragte ein Hemdzipfel.

»Hat Berthe noch was gesagt?«

»Wenn sie nur einen Muckser getan hätte, hätte ich ihr bestimmt die Augen ausgekratzt!«

Die Frau, die da redete, war eine kleine vierzigjährige Blondine mit einem bereits faltigen Gesicht. Es hatte Ärger gegeben. Früher gehörte Berthe, von der hier gesprochen wurde, zur Gruppe um Jef, aber es war zu einer bösen Auseinandersetzung gekommen, weil sie einem Engländer einiges über ihre Nachbarin erzählt hatte.

»Dédé ist die Sache sehr unangenehm! ...«

Dédé, Berthes Zuhälter, konnte wegen des Streits bei Jef nicht mehr Karten spielen.

So war das hier also! Die beiden Verbannten aßen jetzt wohl gerade in einem Restaurant, dessen Inhaber ein Deutscher war.

Die Suppe war ausgezeichnet. Dupuche ließ sie sich schmecken.

»Gibt's hier denn echten Greyerzer Käse zu kaufen?«, fragte er verwundert.

»Natürlich!«

Und die Frau bemerkte:

»Sind Sie Belgier?«

»Nein … warum?«

»Wegen Ihres Akzents … Dann kommen Sie wohl aus dem Norden?«

»Aus Amiens …«

»Ich kannte mal einen, der hatte ein Café am Kanal …«

Dupuche kannte die kleinen Cafés am Kanal nicht, wofür er um Verzeihung bat.

»Stimmt es, dass Sie ins Schiffsgeschäft einsteigen?«

»Ich will's versuchen …«

»Dann seien Sie aber auf der Hut und bringen Sie ja niemanden zu Berthe! Nur zu Isabelle oder zu mir … Wir zwei werden uns immer einig …«

Isabelle war brünett und hatte eine schmale lange Nase. Sie stimmte ihrer Freundin zu. Und im Zwiebelgeruch verstrich die Zeit. Dupuche zündete sich eine Zigarette an. Sein Nachbar gähnte.

»Wie wär's, wenn wir schlafen gingen?«

Sie wohnten nicht im Hotel, hatten aber ein möbliertes Zimmer in der Nähe.

Jef konnte erst in zwei Stunden schließen, was ihn aber nicht daran hindern würde, als Erster auf den Beinen zu sein. Er schlief keine drei Stunden pro Nacht, das wusste jeder, doch von Zeit zu Zeit sah man ihn am helllichten Tag ein paar Minuten lang mit geschlossenen

Augen auf einem Stuhl sitzen. Er behauptete, dass ihm das genüge.

»Dein Zimmer ist im ersten Stock, dritte Tür«, sagte er zu Dupuche. »Die Toilette befindet sich am Ende des Flurs.«

Er war sich nicht sicher, ob er allen die Hand reichen sollte. Er tat es doch, und die anderen sahen ihm nach, während er nach oben ging.

Und dann? Die Ville-d'Amiens glitt in verlangsamtem Tempo durch den Kanal, den Scheinwerfer auf das Ufer gerichtet, auf der Kommandobrücke standen der Kapitän und der Pilot, die Passagiere schliefen, auch der Yankee, dem der Kerl auf dem Schnellboot vielleicht die dreihundert Dollar geklaut hatte.

Warum auch nicht?

7

Es war sehr spät in der Nacht, als Lili mit einem Mann ins Hotel zurückkehrte, denn kaum war Dupuche wieder eingeschlafen, als ihn ein Sonnenstrahl weckte, der auf sein Kopfkissen fiel. Von nebenan drang immer noch Geflüster in sein Zimmer, während im Stockwerk unter ihm ein Wecker rasselte.

Es war sechs Uhr. Mit halbgeschlossenen Augen dachte Dupuche daran, dass der erste Zug um sieben Uhr zehn ankam. Aber würde Véronique ihn nehmen können? Hatte Monti ihr die Nachricht übermittelt? War die Zeit nicht zu knapp, um alles einzupacken?

Trotz seiner Zweifel stand er auf, rasierte sich, zog sich an, ohne nach dieser fast schlaflosen Nacht die geringste Müdigkeit zu spüren. Ein Konzert unbekannter Geräusche schwirrte durch die Luft, doch die Schiffssirenen und das Knarren der Kräne übertönte hier alles, mehr noch als in Panama. Dafür gab es hier keine Straßenbahn und auch keine Karren, die von Pferden zum Markt gezogen wurden.

Über ihm erzitterte die Decke unter den Schritten bloßer Füße, und als Dupuche nach unten kam, hatte Bob, der Mulatte, bereits die Kaffeemaschine angeworfen. Eigens für ihn wurden die Rollläden hochgezogen. Die Straße war leer, und auf dem Weg zum Bahnhof begegnete Dupuche nur zwei amerikanischen Polizisten.

Die Uhr zeigte zehn Minuten vor sieben an. Er war zu früh dran. Er spazierte auf dem Bahnsteig auf und ab, blickte von Zeit zu Zeit auf die Schienenstränge.

Véronique war im Zug, er hätte es schwören können! Dennoch überkam ihn eine Aufwallung der Freude, als er sie mit ernsthaftem Gesicht, die Pakete auf dem Schoß, im ersten Waggon sitzen sah, einem Wagen der dritten Klasse, der auf beiden Seiten offen war.

»Puche!«, schrie sie und hob die Hand.

Er musste sich zusammennehmen, um sie nicht gleich auf dem Bahnsteig zu umarmen, im Gedränge der amerikanischen Beamten, die die Negerin brutal zur Seite schoben. Er war glücklich. Sie lachte, reichte ihm die Pakete, voller Stolz, dass es so viele waren, immer noch welche kamen.

»Wie hast du es nur angestellt, das alles zum Bahnhof zu bringen?«

»Mama und Papa sind mitgekommen ...«

Alle drei hatten wohl, mit Paketen und Koffern beladen, um fünf Uhr morgens das Haus Bonaventures verlassen, und Dupuche stellte sich das Gesicht des Schneiders vor, als sie immer wieder durch seinen Laden liefen!

»Warte! Wir lassen die Sachen lieber bei der Gepäckaufbewahrung. Ich werde Jef gleich fragen, wie wir es am besten machen ...«

Da erst fiel ihm auf, dass sie einen neuen erdbeerroten Hut trug. Sie hatte ein mit grauem Papier umwickeltes Bündel in der Hand behalten, und als er es ihr abnehmen wollte, wehrte sie ab:

»Nein! Das sind meine Sachen ...«

Ihre Schritte hallten auf der Straße wider. Nique fragte:

»Hast du schon ein Zimmer gefunden?«

»Noch ein Stückchen weiter …«

Denn er erblickte bereits das Hotel und sogar Jef, der in Hemdsärmeln am Eingang stand und frische Luft schnappte. Jef hatte sie auch gesehen, doch er rührte sich nicht von der Stelle. Dupuche schwante nichts Gutes. Der Abstand verringerte sich. Jef legte ein winziges Cachou-Bonbon auf seine dicke Zunge und schob die gelbe Dose wieder in seine Hosentasche.

»Guten Morgen …«, sagte Dupuche, als er bei ihm angelangt war.

Jef trat zur Seite, um ihn vorbeizulassen, sagte keinen Ton. Dann trat auch er ins Innere, schlug Véronique die Tür vor der Nase zu. Dupuche hatte es nicht gleich bemerkt. Als er sich umwandte, stammelte er:

»Wo ist sie?«

Der andere aber hatte sich dicht vor ihm aufgebaut, riesengroß und hart wie eine Statue. Er besah ihn mit zornigen Augen und bohrte sich den Zeigefinger in die Stirn.

»Was ist denn los?«

»Bist du wahnsinnig geworden?«

»Weil ich Véronique habe nachkommen lassen?«

»Ich weiß nicht, ob sie Véronique heißt. Was ich aber weiß, ist, dass sie eine Negerin ist und dass ich so was nicht bei mir dulde. Ich habe dich gleich für einen Narren gehalten, aber dass du es so weit treiben würdest, habe ich mir denn doch nicht träumen lassen. Hast du schon einmal einen von uns mit so einer Äffin gesehen? Bist du je einem Weißen begegnet, der auf der Straße mit einer Schwarzen daherkommt? Glaubst du vielleicht, dass dich danach noch einer kennen wird?«

Dupuche nahm seinen Strohhut, den er auf den Tisch gelegt hatte, und murmelte nur:

»Schon gut ...«

»Wohin gehst du?«

»Ich weiß nicht ...«

Er hatte bereits die Tür geöffnet, als Jef ihn zurückrief:

»So hör doch! Das heißt ja nicht, dass du nicht hierher zurückkommen kannst, verstehst du? Aber allein ...«

Véronique hatte sich in einiger Entfernung in einen Hauseingang gesetzt, ihr Bündel auf dem Schoß. Als sie Dupuche erblickte, sprang sie schnell auf, lief wie eine kleine Gliederpuppe hinter ihm her und seufzte schließlich:

»Ich wette, es hat nicht geklappt!«

»Ich gehe lieber allein«, hatte sie ihm gesagt. »Bei dir verlangen sie mehr ...«

Sie hatte ihr Bündel mitgenommen, das sicher ihr grünes Kleid und ein wenig Wäsche enthielt. Schon seit einer Stunde saß er in einer Eisdiele an der Ecke des Boulevards und wartete auf sie.

Er befand sich am Rande des Negerviertels, das aber nicht so düster wirkte wie in Panama, wahrscheinlich weil die Stadt neu war und sehr breite asphaltierte Straßen hatte. In der weißgetünchten Eisdiele roch es nach Vanille.

In einiger Entfernung dehnte sich ein Stück Ödland. Dort hingen Hunderte von Bettlaken, Hemden, Unterhosen in jeder Form, und Dupuche erfuhr, dass man hier in drei bis vier Stunden die gesamte Schiffswäsche wusch.

Kleine Negerbuben und -mädchen, die einen schwarz, die anderen schokoladebraun, manche auch fast weiß-

häutig, pilgerten zur Schule und sahen zu Dupuche hinüber, der ein Zitroneneis verspeiste.

Véronique aber musste sehr weit gegangen sein. Er
hatte sie ein Haus betreten sehen, dann ein zweites und
drittes, und seit langem war sie hinter dem Häuserblock
verschwunden.

Endlich kam sie angerannt, ließ sich auf einen Stuhl
fallen und stieß noch ganz außer Atem aus: »Ich hab was
gefunden, Puche!«

Sie hatte ihr Bündel nicht mehr.

»Bei Leuten aus Martinique, vielleicht sind sie Vettern
meines Vaters, denn sie heißen auch Cosmos ...«

Sie ließ sich von ihm ein Eis spendieren, das sie mit
flinker Zunge leckte.

»Du wirst schon sehen, Puche ... Es ist dort viel hüb-
scher als bei Bonaventure ...«

Das Haus war neu und apfelgrün gestrichen. Der
Schwarze im Erdgeschoss reparierte Fahrräder. Ihr
Zimmer im ersten Stock war mit einer Tapete verkleidet,
auf der Räder schlagende Pfauen prangten, das Mobiliar
bestand aus einem kleinen Eisenbett, einem Waschtisch,
einem Kleiderständer, einem Esstisch und einem Spiegel.

»Freust du dich, Puche? Es kostet nur zehn Dollar. Ich
habe einen Monat im Voraus bezahlt ... Willst du Liebe,
Puche? ...«

Sie saß bereits auf dem Bett und zog ihr Kleid aus, unter
dem sie nur einen winzigen weißen Baumwollslip trug.

Am nächsten Tag ging er an Jefs Café vorbei, den er mit
zwei Männern am Tisch sitzen sah, doch er bedauerte
das Vorgefallene nicht, ganz im Gegenteil. Freilich waren

die Sitzbänke dort bequem, und es gab hervorragendes Essen, außerdem hätte Jef nicht auf die Begleichung der Rechnung gedrängt, solange er kein Geld hatte.

Trotz allem durchströmte ihn, wie schon bei der Abfahrt aus Panama, ein Gefühl der Erleichterung. Als er Panama verließ, befreite er sich von den Colombanis, vom großen schattigen Platz, von dem aus er Germaine an der Kasse sitzen sah, und sogar von den Montis, die zwar sehr freundlich waren, aber deren Gegenwart ihn geradezu lähmte.

Vom ersten Tag an hatten diese Leute sich seiner bemächtigt, und seither war er gleichsam ihr Gefangener gewesen. Unwillkürlich legte er ihnen von allem, was er tat, Rechenschaft ab. Sie maßten sich ein Urteil über ihn an! Sie kritisierten ihn! Und Seufzer stießen sie aus, die Bände sprachen!

Die Sache war ganz einfach. Sie hatten kein Vertrauen zu ihm, nicht einmal Eugène, der Gutherzigste von allen. Sie waren ihm nur aus Gewohnheit behilflich, vielleicht auch um seiner Frau willen.

Im Grunde sahen sie schon die Katastrophe kommen. Aber in welcher Form? Dupuche hatte keine Ahnung. Glaubten sie denn, er würde sich eines Abends aus Verzweiflung umbringen, sich als blinder Passagier auf ein Schiff schleichen oder gar vor Kummer krank werden und im Krankenhaus landen?

»Basta!«, wie Véronique zu sagen pflegte.

Darunter war alles Mögliche zu verstehen, das bedeutete:

»Genug! ... Jetzt langt's! ... Lass das jetzt! ...«

Weiß Gott, ja! Basta! In Colón fühlte er sich wohler in

seiner Haut, und die anderen sollten nur bleiben, wo sie waren, am anderen Ende des Kanals. Es war auch besser, dass er sich nicht mehr von Jef gängeln ließ. Man hatte von ihm verlangt, Würstchen zu verkaufen, und er hatte gehorcht. Noch jetzt befolgte er Jefs Ratschläge, aber einfach auf gut Glück, ohne Begeisterung, ohne so recht daran zu glauben. Er wanderte zum Hafen. Auf dem Pier deutete ein Polizist auf seine Zigarette, die er mit seinem Absatz austrat. Ein Schiff der Grace Line, das aus New York kam und Kurs auf Santiago nehmen sollte, war eben dabei, vor Anker zu gehen, und schon hoben sich die Kräne.

Über der Reling erschienen die Köpfe von Männern und Frauen. Das waren die Passagiere, die sich gleich an Land drängen, in Läden und Bars stürzen würden, um nachmittags wieder an Bord zu gehen.

Kaum berührte die Gangway den Kai, da wurde Dupuche auch schon von einer Flut von Negern und Mulatten mitgerissen, die das Schiff stürmten. Es war eine bunt gemischte Menschenmenge, Andenkenhändler und Docker, die zu den Seilwinden rannten, sich in die Laderäume gleiten ließen, um die Fracht zu löschen und neue Waren einzuladen.

Dupuche blieb stehen und befand sich unter den Passagieren, von denen die meisten mit Fotografieren beschäftigt waren.

Niemand fragte ihn, was er an Bord zu suchen hatte. Da er einen korrekten weißen Anzug, eine Halsbinde und eine schwarze Krawatte trug, hielt man ihn wohl auch für einen Schiffsreisenden oder für einen Vertreter der Schifffahrtsgesellschaft.

Man spürte förmlich die Ferienstimmung. Ein junges Mädchen, eine Südamerikanerin, konnte sich nicht mehr halten. Lachend rannte sie, zwei Freundinnen im Schlepptau, auf den Kai, wo sie ein langes Taxi mit offenem Verdeck heranwinkte.

Dupuche schüttelte den Kopf. Er hatte sich nicht getäuscht: Das war nichts für ihn. Vergeblich hielt er nach einem Opfer Ausschau, zögerte lange, bevor er einen kleinen weißhaarigen Greis ansprach, der es weniger eilig zu haben schien als die anderen.

»Wollen Sie nicht in die Stadt?«

Der alte Herr sah ihn mit durchsichtigen Augen an, ließ sich nicht einmal dazu herab, ihm zu antworten. Ein Engländer natürlich! Eine wichtige Persönlichkeit, denn wenige Minuten später wurde er fotografiert und von Journalisten interviewt.

Man hatte bereits mit dem Löschen des Schiffes begonnen. Dupuche irrte auf dem Deck umher. Um sein Gewissen zu beruhigen, suchte er weiter, aber schließlich lehnte er sich an die Reling, von wo aus er in den offenen Laderaum blicken konnte.

Unten waren fünf Neger damit beschäftigt, Stahltrosse um ein Auto zu schlingen. Auf der Back, gleich gegenüber der Stelle, an der sich Dupuche befand, saß ein kleiner Spanier auf einem Klappstuhl am Spill. Seine Füße ruhten auf den Pedalen, die Hände auf den Hebeln, als würde er ein Auto lenken.

Er beugte sich nach vorn, um in den Laderaum zu blicken. Der Vorarbeiter, der sich dort unten befand, stieß einen Kommandoruf aus, und die Seilwinde ächzte, die Trosse rollten sich um die Trommel, das Auto hob sich von seinem Sockel in die Höhe und schwebte kreisend in der Luft.

Dreimal wurde die Operation wiederholt, und nach einer eleganten Kurve landete das Auto schließlich auf dem Kai. Ein livrierter Chauffeur setzte den Motor in Gang, und der alte Engländer nahm mit einem Begleiter im Wagen Platz.

In den Laderäumen des Schiffes befanden sich noch weitere Autos, neue Wagen in ungeheuerlichen Kisten, und da das Promenadendeck leer war, blieb Dupuche an Ort und Stelle, um ihre Löschung zu verfolgen.

Eine der Kisten blieb beim Hochhieven in der Luke stecken. Der Mann an dem Spill beugte sich weiter nach vorn, brüllte Befehle, betätigte die Hebel und stieß plötzlich einen Todesschrei aus.

Keiner hatte mitbekommen, was geschehen war, nicht einmal Dupuche, der ihm doch zugesehen hatte. Er bot einen seltsamen Anblick, wie er da um sich schlug, sich krümmte, sich herumwarf, einen Arm in der Seilwinde eingeklemmt, als wäre eine Falle zugeschnappt.

Genau das war tatsächlich geschehen. Ein Offizier rannte herbei, gab Anweisungen. Die Leute auf dem Kai hörten die Schreie, vermochten aber nichts zu sehen und blieben mit zurückgelehntem Kopf stehen. Dupuche konnte nicht eingreifen, denn es gab keine Möglichkeit, vom Promenadendeck auf die Back zu gelangen.

»Vorsicht! …«

Die Autokiste senkte sich um einige Zentimeter, das Spill kreischte. Der Offizier betätigte die Hebel, und ganz plötzlich rollte der Spanier zur Seite, blieb reglos und blutbespritzt liegen.

Das Übrige spielte sich sehr rasch ab und war nicht recht zu erkennen. Eine Gruppe hatte sich gebildet. Der Schiffsarzt musste dazugestoßen sein, und schon kam ein Krankenwagen aus der Halle.

Die Schreie waren verstummt. Man hörte Getrappel von Schritten, heisere Befehle, dann wurde die Bahre vom Schiff heruntergelassen und ins Auto geladen.

Ein Matrose richtete den Wasserschlauch auf die Blutlachen, und im Laderaum warteten immer noch die Neger unter der in der Luft schwebenden Kiste.

»Was ist passiert?«, fragte Dupuche einen Offizier.

»Seine Hand ist vom Kabel zerquetscht worden. An der Trommel kleben noch Fingerstücke.«

Immer noch herrschte lastendes Schweigen in der Sonnenglut. Die Docker setzten sich in den Schatten. Ein Büroangestellter sprang von einer Gruppe zur anderen, und schließlich entschloss sich Dupuche, an Land zu gehen und mit dem emsigen Mann zu sprechen:

»Brauchen Sie jemanden?«

»Wir haben einen Ersatzmann in der Stadt, jemand geht ihn gerade holen ... Aber unterdessen ...«

»Kann ich ja einspringen ... Ich verstehe was davon ...«

Er sagte nicht, dass er Ingenieur war.

»Machen Sie sich ruhig an die Arbeit! Die Santa hat schon eine Stunde Verspätung ... Sie bekommen die Stunden doppelt bezahlt ...«

Mit lässigem Schritt betrat er Jefs Café, wo alle Stammkunden zum abendlichen Aperitif versammelt waren.

»Da bist du ja! ...« brummte der Wirt und wandte sich um. »Hast du Kunden gefunden?«

»Ich habe eine Stelle gefunden«, erwiderte Dupuche. »Wie viel schulde ich dir für gestern?«

Er zeigte ein Bündel Dollar vor, sieben oder acht, denn die Dockgesellschaft hatte Wort gehalten und ihm die Stunden doppelt bezahlt.

»Was für eine Stelle?«

»Vorarbeiter am Hafen … Es ist noch nicht offiziell … Ich habe eine Vertretung übernommen, da heute Morgen ein Unfall passiert ist … Ich denke aber, dass man mich fest einstellt, man hat mich nämlich aufgefordert, mich in die Gewerkschaft einzuschreiben …«

»So eine Scheiße!«, ließ sich eine Frauenstimme vernehmen.

Das war Lili, die erst jetzt ihr Mittagessen einnahm, da sie eben erst aufgestanden war. Jemand prustete vor Lachen. Jef hätte beinahe auch gelacht.

»Du kannst dich wirklich rühmen, den Vogel abgeschossen zu haben!«

Er begriff nicht gleich. Er hatte geglaubt, sie beeindrucken zu können, stattdessen hatte er nichts als Heiterkeit ausgelöst.

»Kapierst du's nicht? Hast du je einen Vorarbeiter gesehen, der reich geworden ist? Was für einen Posten hast du da?«

»Ich arbeite an der Seilwinde …«

»Na ja, das wirst du dann eben dein ganzes Leben lang tun. Wenn je eine gute Gelegenheit daherkommen sollte, wird sie bestimmt nicht dort nach dir suchen. Man kann Würstchen oder Lose verkaufen, Zigarettenkippen von der Straße aufsammeln oder Türen öffnen. Das ist nichts Dolles, das stimmt, aber das hindert einen nicht daran, ein Vermögen zu machen. Bist du aber erst ein Gewerkschaftsarbeiter …«

Die Zuhälter in ihrer Ecke grinsten dazu.

»Wie viel bin ich dir schuldig?«, fragte Dupuche noch einmal und wurde rot.

»Böse?«

»Aber nein …«

»Trink ein Glas und geh zu deiner Negerin, mach nur! … Irgendwann wirst du ja doch herkommen und um Unterkunft bitten …«

Und Jef erhob sich schwerfällig, holte die Karten aus einer Schublade, ging zu seinen Freunden.

»Und was wird aus unserem Spielchen?«

»Er hat recht«, murmelte Lili, als sie mit Dupuche allein war. »Wenn man mal im Getriebe steckt …«

Genau wie die Hand! Bis zum Abend hatte Blut an einem Zahnrad geklebt.

Dessen ungeachtet trank Dupuche zwei Gläser Wein, damit es nicht so aussah, als sei er ein Hasenfuß, dann machte er sich eilig in Richtung seines Hauses auf, das er nur mit Mühe wiederfand. Am Fenster, zwischen zwei Blumentöpfen, stand Véronique.

»Ich hab mich schon gefragt, wo du wohl bleibst …«

Sie hatte die Koffer vom Bahnhof geholt und alles nach ihren Vorstellungen verstaut.

»Jetzt habe ich aber Hunger, Puche!«

Es war sieben Uhr abends. Sie aßen in einem kleinen, aus Brettern zusammengezimmerten Restaurant, wo nur Schwarze und Einheimische verkehrten.

»Puche, es gibt Sancoce«, jubelte Véronique, die am Teller ihres Nachbarn gerochen hatte.

Und auch Puche aß Sancoce, jene uralte Sklavensuppe, die alle verfügbaren Zutaten enthält: Süßkartoffeln, Yucca, Jamswurzeln, Hammel- oder Ziegenfleisch.

»Ich habe eine Stelle gefunden«, verkündete er ihr endlich. »Von jetzt an werden wir Geld haben.«

Einen Augenblick lang glaubte er, dass sie die Nachricht genauso aufnehmen würde wie Jef und seine Kumpel, denn sie runzelte die Stirn.

»Was für eine Stelle?«

»Als Vorarbeiter ... Halt mehr oder weniger! Eigentlich ist es die Stelle eines einfachen Arbeiters ...«

Sie schien beruhigt und begann wieder zu essen. Als sie ihre Mahlzeit beendet hatten, wusste Dupuche nicht, was er anfangen sollte. Sie gingen eine Straße entlang, dann noch eine, und schließlich sahen sie den Strand, der von Kokospalmen und einem schmalen Rasenstreifen gesäumt wurde.

Hier begann das amerikanische Viertel, wo die Villen inmitten von üppigen Gärten lagen. Manche hatten Tennisplätze mit rotem Sandboden, und zu dieser Tageszeit spielte man hier im weißen Dress.

Véronique lief steif, mit hocherhobenem Kopf neben ihm her.

»Kannst du schwimmen, Puche?«

»Ja, natürlich.«

»Ich auch ... Gehen wir baden?«

Doch er las ein Schild mit der Aufschrift:

Zutritt zu diesem Strand nur Bewohnern
der Kanalzone gestattet.

Das hieß, nur den Amerikanern!

Es waren welche im Wasser. Ein Boot mit Außenbord-motor beschrieb weite Kreise in der Bucht. Die Kokos-palmen rauschten in der Brise, die von der hohen See her wehte.

»Woran denkst du, Puche?«

»An nichts ...«

Das ließ sich nicht in Worte fassen. Man hatte ihn ver-höhnt, weil er eine Stelle als Vorarbeiter angenommen hatte, und wenn er nichts fand, blickte man verächtlich auf ihn herab.

Im Grunde hatte er bei Jef nichts zu suchen! Und noch weniger bei den Montis! Am allerwenigsten aber bei den Colombanis!

Drei verschiedene Milieus immerhin!

Aber hatte er an der Universität in Nancy dazugehört? Jetzt erinnerte er sich, dass er sich dort niemals wirklich wohlgefühlt hatte. Die meisten Kommilitonen waren vermögender gewesen als er und viel selbstbewusster aufgetreten.

Später, wenn er seine Verlobte besuchte, kam es zu Auseinandersetzungen mit ihrem Vater.

Véronique schwieg. Vielleicht hing sie, auf ihre Art, auch ihren Gedanken nach. Woran sie wohl denken mochte?

Wie hatte sich das Ganze eigentlich ergeben? Nach dem Abendessen machte er mit ihr einen Spaziergang, und die Leute hielten sie sicher für ein Ehepaar. Er war froh, dass sie bei ihm war. Ganz selbstverständlich würden sie dann in ihr Zimmer zurückkehren, ihre Kleider ablegen und sich im selben Bett schlafen legen.

Nun, aber sie war eine Negerin! Sie war nicht einmal

sechzehn Jahre alt! Und er hatte eine Frau, die zu ihm gehörte, eine aus seinem Vaterland, aus seiner Heimatstadt, ja beinahe aus seiner Straße, die noch dazu die gleiche Erziehung genossen hatte wie er.

Es war seine Frau, die am anderen Ende des Kanals geblieben, und Véronique, die zu ihm gekommen war!

»Du würdest vielleicht lieber in einem anderen Viertel wohnen«, sagte Véronique unvermittelt.

»In welchem Viertel?«

»Halt irgendwo anders, aber nicht im Negerviertel.«

»Wie kommst du darauf?«

»Ich weiß nicht … du könntest mich ja besuchen kommen …«

»Nein!«

Die Passanten sahen ihnen nach. Nur die Amerikaner waren so schockiert, dass sie es vorzogen, sie nicht einmal wahrzunehmen.

Das »Nein!« war ihm einfach entfahren, ohne dass er vorher nachgedacht hatte. Nun, so war es eben! Er hatte genug von all den Weißen, die immer mit guten Ratschlägen bei der Hand waren und vorgaben zu wissen, was er zu tun hatte. Véronique aber brauchte man nichts zu erklären.

Er war es sogar, der ihren Arm unterhakte, als sie weitergingen. Sie wandten sich nach rechts, kamen auf einen Boulevard, wo die Glocke eines Kinos ertönte.

»Möchtest du hingehen, Nique?«

»Und du?«

Alles war hier ganz anders als in Panama. Innerhalb von vierundzwanzig Stunden hatte sich ihr Verhältnis zueinander verändert.

Selbst in der Dunkelheit freute er sich darüber, das Mädchen in seiner Nähe zu spüren. Wenn sie dann zu Bett gingen, würden sie einander gute Nacht wünschen.

Er hatte nie wirklich an ihrer Seite geschlafen.

»Macht's dir Spaß, Nique?«

Er tastete nach ihrer Hand und drückte sie flüchtig mit den Fingerspitzen.

Einige Sekunden später war der Film zu Ende. Die Leinwand nahm eine weißgelbe Tönung an, und Dupuche glaubte, in den Augen Véroniques eine Träne zu bemerken.

Es trifft zu, dass sie daraufhin eilig sagte:

»Das ist ein trauriger Film!«

8

Dass nun schon ein ganzes Jahr vergangen war, erkannte man daran, dass die Ville-de-Verdun, auf der das Ehepaar Dupuche nach Panama gekommen war, bereits zum dritten Mal vor Cristobal kreuzte, denn die Überfahrten fanden alle vier Monate statt.

Als Dupuche sich zum ersten Mal vertreten ließ, beobachtete er das Schiff von weitem, später begegnete er in den Straßen Menschen, die Französisch sprachen.

Beim zweiten Mal hatte er seinen Posten eingenommen, als wäre es irgendein beliebiges Schiff, nur hatte er sich hinter seiner Sonnenbrille und seinem großen Basthut verschanzt. Es war jedes Mal dasselbe, man sah die immer gleichen Gesichter, es herrschte immer das gleiche Gedränge, wenn die Postsäcke ausgeladen wurden, was immer als Erstes geschah.

Von seinem Posten aus konnte Dupuche alles übersehen, die Passagiere, die an Land gingen, den Agenten der Schifffahrtsgesellschaft mit seiner Aktentasche, der in die Kabine des Kapitäns trat – dort standen Zigarren und ein Aperitif bereit –, den dicken Holländer namens Kayser, der auf der Suche nach dem Küchenchef und dem Speisemeister in die Küchenräume hinabstieg, um die Bestellungen aufzunehmen …

Nach den Postsäcken lud man das Gepäck von ein oder zwei Passagieren aus, die schon an Land gegangen waren und ungeduldig auf dem Kai warteten, immer wieder an Bord zurückkehrten, um sicherzugehen, dass sie nicht vergessen wurden. Dann folgten die Kisten, die Weine, Champagner und Aperitifschnäpse enthielten, wenn es sich um ein französisches Schiff handelte. Die Frachter aus New York oder San Francisco dagegen transportierten Automobile. Es gab Kisten verschiedenster Formen, aber man kannte sie bald auswendig, da sich der Güterverkehr immer gleich blieb.

Nun war die Reihe am dicken Herrn Kayser, der mit seinem Waggon auf dem Kai vorfuhr. Er versorgte das Schiff für die Überfahrt mit Eisblöcken, Rinder- und Hammelkeulen, Gemüse und Obst.

Unterdessen flanierten die Passagiere bei brennender Sonne im Gänsemarsch an den Läden vorbei, immer darum besorgt, das Ablegen des Schiffes nicht zu versäumen.

Diesmal wurde Dupuche von keinem der Schiffsoffiziere wiedererkannt, obwohl er drei Wochen lang in ihrer Mitte gelebt hatte. Der Kapitän war ein Neuer, aber die Offiziere waren noch dieselben, nur der Speisemeister hatte kurz die Stirn gerunzelt, als sein Blick auf den Mann an der Ladewinde fiel.

»Bist du Franzose?«, fragte ihn ein Matrose.

»Ja.«

»Aha.«

Das war alles.

Schon zum vierten Mal kam Jef an Bord, um weiß Gott was zu erledigen und mit den Schiffsoffizieren ein Gläschen zu leeren. Von der Kommandobrücke aus zeigte er auf Dupuche, den die anderen neugierig betrachteten. Er aber zuckte nicht mit der Wimper.

Das war ihm jetzt gleichgültig! Mochten sie doch zu ihm herüberstarren! Mochte doch einer dem anderen zuraunen:

»Das ist ein französischer Ingenieur, der …«

Übrigens konnte er wegen des Maschinenlärms ohnehin nichts verstehen. Und jetzt wurde er auch in der Stadt ein wenig schwerhörig.

Oft ging Véronique, die nichts zu tun hatte, auf dem Pier spazieren, auf dem sich Waggons und Elektrokarren drängten, aber es war ihr nicht gestattet, an Bord zu kommen. Immer kaute sie irgendetwas, eine Banane oder Erdnüsse, sie entwendete Früchte aus Kaysers Waggon, der sie halbherzig ausschimpfte und sie eine fiese Äffin hieß.

Weitere Etappen markierten dieses Jahr. Zum Beispiel der Abend – es war etwa vier Monate nach seinem Eintreffen in Cristobal –, an dem Dupuche beim Nachhausekommen eine Nähmaschine vorfand.

Nique sah ihn erwartungsvoll an, doch er brummte nur:

»Was ist denn das da?«

»Eine Nähmaschine!«

Das sah er doch selbst, verdammt noch mal! Sie thronte auf dem Tisch, als wäre sie ein Stück Zierrat.

»Ein Vertreter ist hier vorbeigekommen … Sie kostet bloß zehn Dollar pro Monat …«

Er verdiente täglich fünf Dollar. Die Nähmaschine war nur die erste einer ganzen Reihe von Anschaffungen: ein Vogelbauer mit einem Kanarienvogel, eine Bettdecke aus rosaroter Seide, ein runder Mahagoni-Tisch, ein Gelegenheitskauf …

»Freust du dich denn nicht, Puche?«

Er zog es vor, ihr nicht zu antworten, die Sache auf sich beruhen zu lassen.

Im sechsten Monat war da auch die Geschichte mit dem Negerjungen gewesen. An der Rückseite des Zimmers befand sich ein kleiner Abstellraum, der auf den Hof hinausging. Dupuche war früher als sonst nach Hause gekommen, hatte niemanden vorgefunden.

»Nique! ...«, rief er, nichts Gutes ahnend.

Er hatte sie schließlich in einer Art Wandschrank gefunden, wo sie mit dem Sohn der Leute im Erdgeschoss, einem vierzehnjährigen Jungen, kopulierte.

»Du darfst nicht böse werden, Puche ... Es ist doch nichts dabei ...«

Jef hatte ihn gewarnt! Wenn Dupuche an seinem Hotel vorbeikam, rief er ihm oft von der Tür aus zu:

»Bist du deinen Beruf immer noch nicht leid? Und die Kleine auch nicht? Sag mal, alter Knabe, du solltest wirklich mal ein Auge auf sie haben. Bloß unter die Autos hat sie sich noch nicht gelegt ...«

Dann und wann stellte Dupuche sie zur Rede:

»Stimmt es, dass du mich betrügst?«

»O Puche ...«

Sie spuckte in ihren Handteller, tippte mit dem Zeigefinger in den Speichel, dass er hochspritzte, schwor, dass sie ihn nie betrogen hatte.

Und irgendwie waren die Tage verflossen, waren zu Monaten angewachsen, die sich zu einem ganzen Jahr aneinanderreihten.

Mein lieber Joseph,
dein letzter Brief beunruhigt mich. Du schreibst über-

haupt nichts über deine Gesundheit. Dein Schwieger-
vater erzählt mir Dinge, die mich mit Sorge erfüllen. Er
behauptet, deine Frau müsse arbeiten, da du keine feste
Stellung hast …
Wenn ich bestimmt wüsste, dass es notwendig ist, würde
ich das Haus verkaufen …

Das kleine Haus, in dem sie den ersten Stock bewohnte, während die Miete für das Erdgeschoss ihr ein kleines Einkommen sicherte. Wie weit weg das doch alles war!

Germaine schrieb sicher öfter an ihren Vater, und dieser hatte natürlich nichts Eiligeres zu tun, als zu Madame Dupuche zu rennen.

Beim Heimkommen fand Dupuche mitunter Eugène Monti im Schaukelstuhl vor, den sie sich angeschafft hatten. An solchen Tagen trug Véronique ihr spitzes, bekümmertes Gesichtchen.

»Geht's dir weiterhin gut?«

»Danke, es geht …«

Monti trat mit der ernsten Würde eines Abgesandten auf. Man spürte, dass er nicht aus eigenem Antrieb hergekommen, dass ihm das Ganze irgendwie peinlich war.

»Ist deine Arbeit auch nicht zu hart? Gehen dir Panama und die Würstchen nicht ab?«

Es dauerte eine ganze Weile, bis er so deutlich wurde, aber unweigerlich stellte er solche Fragen. Unterdessen versuchte Véronique, aus seinen Blicken zu erraten, ob sie bei ihnen bleiben oder auf die Straße gehen sollte.

»Übrigens, hast du inzwischen einen Entschluss gefasst?«

Das war eine diplomatische Umschreibung, die vieles besagte.

Hatte Dupuche vor, seine Frau in Panama aufzusuchen? Trug er sich noch mit dem Gedanken, nach Frankreich zurückzukehren? Hatte er Geld aufgetrieben? Oder aber ...

Ja, das war's! Es steckte etwas anderes dahinter, doch er tat so, als würde er es nicht bemerken.

»Jemand hat ihr erzählt, dass du mit der Kleinen zusammenlebst ...«

Monti, der Land und Leute genau kannte, wunderte sich dennoch darüber, dass Dupuche bei jedem Besuch schläfriger wirkte. Es war einfach nur Gleichgültigkeit. In seinen Augen war eine sonderbare Leere. Er rauchte nicht mehr. Er war sehr abgemagert, und manchmal neigte er sich wie ein alter Mann nach vorn, um besser zu hören.

»Ist Christian noch da?«

»Ja, immer noch.«

»Ich war der Meinung, er sollte sechs Monate in Europa verbringen.«

»Er hat seine Reise aufgeschoben ...«

Überdeutlich sah er das große Haus und seine Bewohner vor sich, Tsé-Tsé, den schweigsamen Monsieur Philippe, an den er jetzt nur noch mit einem stillen Lächeln dachte. Denn er hatte ihn durchschaut! Und Madame Colombani, die sich schon als Schwiegermutter aufspielte.

»Soll ich ihnen nichts ausrichten?«

Nein! Er hatte ihnen nichts auszurichten. Eines Tages würde er hinfahren, irgendwann musste es ja sein. So konnte es nicht ewig weitergehen. Aber damit eilte es nicht.

Einmal, nachdem Eugène ihn verlassen hatte, sah er ihn wenig später zusammen mit Tsé-Tsé in Jefs Café sitzen. Ein anderes Mal sagte ihm Véronique:

»Tsé-Tsé und seine Frau sind heute Nachmittag zweimal an unserem Haus vorbeigegangen …«

»Ihr Pech! Es war ihnen wohl verdammt peinlich gewesen!«

Ihm selbst erging es nicht anders, als er eines Abends aus Marcos Bude kam und direkt in Lili hineinlief, die ihn sehr sonderbar ansah. Am nächsten Tag vertrat ihm Jef mitten auf dem Gehsteig den Weg:

»Muss mit dir reden … du kannst dir wohl denken, warum, oder?«

Er wirkte schwerfälliger und massiger denn je und machte ein grimmiges Gesicht. Mit drohender Langsamkeit führte er seine Hand an Dupuches Augenlider, die immer ein wenig gerötet waren.

»Verstehst du nicht? … Was treibst du jeden Tag bei Marco? … Du bist wohl zu feige, um zu antworten! Aber eines werde ich dir sagen: Bis jetzt ging's ja noch … Lassen wir das schwarze Biest, das dich mit allen Jungen des Viertels verhohnepiepelt … Es ist auch deine Sache, wenn du eine Arbeit machst, die kein Weißer in diesem Land geschenkt haben wollte! … Aber wenn du jetzt damit anfängst, Chicha zu trinken …«

Dupuche wandte den Kopf ab. Es stimmte ja! Ganz zufällig hatte er die Bude des Mestizen Marco entdeckt, der unter der Hand Chicha de muco verkaufte.

Der Geschmack des dickflüssigen, trüben, beinahe

klebrigen Getränks war abscheulich, aber nach zwei Gläsern vermochte Dupuche, mit sicherem Schritt weiterzuwandern, nur erfreuliche Gedanken im Kopf.

Das war Monsieur Philippes Geheimnis, daran zweifelte er nun nicht mehr, denn jetzt sah er es einem Mann schon auf der Straße an, ob er Chicha trank oder nicht.

Véronique hatte nichts bemerkt. Er hielt sich nur eine Minute bei Marco auf, gerade lange genug, um zwei Gläser zu kippen.

»Du selbst kannst meinetwegen zum Teufel gehen«, knurrte Jef mit seiner rauen Stimme. »Aber das geht uns alle an! ... So etwas fällt auf alle Franzosen zurück ...«

»Das ist meine Sache ...«

»Was? Sag das noch mal!«

»Ich sage, das ist meine Sache ...«

Da hatte ihm Jef mitten auf der Straße eine Ohrfeige verpasst und war nach Hause gegangen.

Zum ersten Mal war Dupuche geschlagen worden. Einen Augenblick lang war er völlig verdattert, niedergeschmettert, dann sah er zu Jefs Hotel hinüber, tastete seine Backe ab und ging vor sich hin brummend weiter.

Schon nach hundert Metern hatte er sich beruhigt und tröstete sich mit dem Gedanken:

›Sie verstehen halt nichts!‹

Denn niemand vermochte ja zu sehen, was in seinem Kopf vor sich ging! Da war manches, mit dem er selbst noch nicht im Reinen war, das es noch zu ordnen galt. Da waren sehr helle, tröstliche Regionen, heiter wie frühmorgendliche Träume, andere Zonen lagen noch in nebelhaftem Dunkel.

Von den zwölf Männern zum Beispiel, die noch vor

einem Jahr zu seiner Schicht gehörten, blieben nur drei.

Während er seine Hebel betätigte, hatte er ja viele Stunden Zeit, um über ihr Verschwinden nachzudenken. Ein Schwarzer war während eines Würfelspiels durch einen Messerstich getötet worden, ein anderer hatte auf Deck eines norwegischen Schiffes, das man gerade löschte, einen Sonnenstich bekommen und war daran gestorben. Einen dritten hatte der Wundbrand dahingerafft …

Und es kamen immer neue! Sie blieben nie lange. Sie heuerten auf jedem beliebigen Schiff an, ganz gleich, welche Route es nahm. Sie waren krank und taten nichts dagegen.

Aber welch wunderbarer Anblick, wenn sie während einer kurzen Ruhepause auf einem Sack oder einer Kiste im Laderaum schliefen!

Einer war im Gefängnis, weil er den Werkmeister niedergeschlagen hatte, der ihm einen halben Dollar von seinem Lohn abziehen wollte.

Ein anderer hatte die Manie, jedes Mal, wenn ein weiblicher Passagier ihn ansah, mit äffischen Bewegungen seinen rotleinenen Lendenschurz hochzuheben, den er anstelle einer Hose trug.

Das Ehepaar Cosmos, Véroniques Eltern, hatten sieben Kinder in die Welt gesetzt, von denen nur noch zwei lebten: Nique und ein älterer Bruder, der sich vermutlich irgendwo bei New Orleans aufhielt, denn er hatte sich dorthin eingeschifft und nie mehr etwas von sich hören lassen.

Nique betrog ihn, das wusste er jetzt. Sie schwor immer das Gegenteil.

Mit der Zeit hatte sie ihre Behausung in ein Allerwelts-zimmer verwandelt, mit Spitzendeckchen, einem Gramm-ophon und frischen Blumen in den Vasen.

Keiner vermochte all diese Dinge so genau zu verstehen wie er es tat! Er geriet nie in Zorn. Er trug niemandem et-was nach, auch wenn er an die sonnige Straße in Amiens dachte, wo er Kreidekreise auf die Schulmauern gemalt hatte, um mit einem Luftgewehr darauf zu schießen.

Auch Monsieur Philippe sagte nie etwas. Sie hatten jetzt die gleichen Augen, die leer wirkten, weil sie nach innen blickten!

Wenn Dupuche seine beiden Gläser Chicha getrun-ken hatte, überquerte er die Gleise neben dem Bahnhof. Zwischen der Böschung und dem Meer dehnte sich ein schmaler Sandstreifen, der nur hundert Meter von der betonierten Straße und den großen Läden entfernt war.

Dort standen Hütten, genau vier, Hütten von dersel-ben Art, wie man sie in Zentralafrika findet.

Man befand sich nicht mehr in Panama, auch nicht in Mittelamerika. Hier war man nirgendwo: In freier Luft, inmitten von Gräsern und Sand wurden alte Kisten zu Tischen, krabbelten splitternackte Kinder.

Seit vielen Jahren kampierten hier vier schwarze Fi-scherfamilien. Sie hatten einen Ort im Abseits geschaf-fen, wo die Gesetze der Stadt bestimmt keine Gültigkeit hatten.

Sie besaßen Pirogen, ausgediente Boote, Netze und Grundangeln, sogar einen völlig haarlosen Hund hatten sie, ein rosa und schwarz geflecktes Tier, das ebenso nackt war wie die Schweine dieser Gegend.

Sie schliefen, sie blickten auf das Meer. Dann und wann

schoben sie eine Piroge ins Wasser, und man sah sie in der sonnenüberglänzten Bucht dahingleiten.

Auf seinen Spaziergängen nahm Dupuche alle diese Einzelheiten in sich auf, warf einen Blick ins Innere der Hütten, wo sich ihm das Reich des Wunderbaren auftat.

Aber das ging niemanden etwas an, nicht einmal Véronique, die ihn nicht verstanden hätte. Mit gleichmäßigen, ein wenig abgehackten Schritten – er hatte jetzt einen ähnlichen Gang wie Monsieur Philippe – wanderte er heimwärts. Die Levantiner, die sich den Passanten aufdrängten, ekelten ihn an. Er ließ sich nie mehr bei Jef blicken, obwohl dieser die Ohrfeige vergessen zu haben schien.

Er mied auch die Bars, wo die Matrosen mit Frauen wie Lili zusammenhockten und sich von ihnen zum Trinken animieren ließen. Sobald er zu Hause war, setzte er sich am liebsten auf die Veranda, stützte die Ellbogen auf das Geländer und sah auf die Straße hinunter. Stundenlang konnte er so sitzen bleiben, während Véronique mit verrutschten Strümpfen und zerknittertem Kleid auf dem Bett lag und zehnmal dieselbe Schallplatte auflegte.

Hin und wieder fragte sie ihn:

»Bist du glücklich, Puche?«

»Aber ja!«, erwiderte er gereizt.

Nicht etwa, dass er unglücklich gewesen wäre, aber er hatte sich darüber keine Gedanken gemacht, und überhaupt waren solche Fragen fehl am Platz. In seinem Kopf dröhnte noch der Lärm der Lademaschine, aber auch daran hatte er sich gewöhnt.

»Wie wär's, wenn wir ins Kino gingen?«

Ihr zu Gefallen ging er mit. Er hasste Filme, die Salons,

Jachten oder Nachtlokale von der Größe einer Kathedrale zeigten, in denen fünfzig oder hundert Girls herumsprangen.

Morgens hatte er Mühe, wach zu werden, und blieb mindestens eine Stunde lang träge liegen, erreichte den Hafen im Halbschlaf und begab sich auf das Schiff, das man ihm zugewiesen hatte.

Dann begann wieder der alte Trott: die Postsäcke, das Gepäck, das Frachtgut ... Die Passagiere mit ihren Fotoapparaten ... Die Besprechungen zwischen dem Speisemeister und Kayser, die Rinderkeulen, das Gemüse, das Obst.

Einer der Zuhälter war mit seiner Frau, der kleinen Dürren, die wie eine arme Schneiderin aussah, nach Frankreich zurückgekehrt, und sie hatte ihre Freunde an Bord zu einem Aperitif eingeladen. Sicher gehörten sie alle zu einer Schmugglerbande, denn Jef, der auch gekommen war, hatte ein Päckchen aus der Hosentasche hervorgeholt, und der Zuhälter hatte es dem Maschinenmeister gebracht, der sich in einen Winkel der Back zurückgezogen hatte.

Der Jahreswechsel war ein Kap gewesen, das es zu umschiffen galt. Dupuche hatte seiner Mutter geschrieben und sogar seiner Frau.

Meine liebe Germaine!
Meine allerbesten Wünsche zum Neuen Jahr, von dem
ich hoffe, dass es dir wohlgesonnener sein möge als das
eben zu Ende gegangene. Ich umarme dich
Dein Ehemann Jo.

Véronique hatte ihn gefragt, ob sie zu ihren Eltern nach Panama fahren dürfe.

Sie hatte um Erlaubnis gebeten, als wäre sie seine Dienerin. Sie war mit einer Unzahl von Päckchen aufgebrochen, die nichts als Leckereien enthielten ...

Er selbst aber wusste genau, was man bei Jef wie auch in Tsé-Tsés Hotel über ihn sagte:

»Er ist ein Wrack ...«

Ein Versager eben!

Ein Schreckenswort, das ihn als jungen Studenten mit Entsetzen erfüllt hatte, wenn er vor einem Examen stand. Auch seine Mutter fürchtete stets, eines Tages mittellos dazustehen!Diese Angst war wohl erblich ...

»Wenn deinem Vater etwas zustieße ...«

Fünfzehn Jahre lang hatte sie bei jedem Einkauf ein paar Sou gespart, um ihr Häuschen abzahlen zu können, und als es endlich so weit war, träumte sie von nichts anderem mehr, als es aufstocken zu lassen, um einen Mieter mehr unterbringen zu können.

»Dupuche? Fertig! Aus!«

Er dachte an Lamy, der seinen Koller vielleicht inzwischen überwunden hatte. In Frankreich kann man das. Hin und wieder bricht mal eine Krise aus, dann geht das Leben wieder seinen Gang. Sicher sagte auch Lamy:

›Der Mann, der da drüben mein Nachfolger werden sollte, ist in null Komma nichts versackt ...‹

Da Dupuche am Neujahrstag allein war und nicht zur Arbeit musste, trank er vier Gläser Chicha. Seine Wirtsleute sahen ihn hohläugig nach Hause wanken.

Warum nur kam ihm die hübsche Nationaltracht in den Sinn, die Bolliera, die Germaine für ihren ersten Ball in Panama ausgeliehen oder gekauft hatte? Der Tüll war mit großen rosaroten Blumen bestickt ...

Am nächsten Tag war Véronique mit einem Kuchen heimgekommen und hatte ihm berichtet:

»Ich bin deiner Frau begegnet ...«

Dann entfuhr es ihr:

»Wie schön sie ist! ... Sie saß mit Christian und einer anderen Dame im Auto des Gesandten ... Sie sahen so aus, als wären sie zu einer Feier unterwegs ...«

Vielleicht gar beim Ministerpräsidenten? Warum auch nicht? Aber die ganze Situation war ihr sicher unangenehm! Sie musste sich doch fragen, was er eigentlich trieb, was er sich erhoffte, wie seine Zukunftspläne aussahen.

Er selbst war sich darüber noch im Unklaren. Es gab Tage, an denen er sie bedauerte, dann wieder bereitete ihm die Vorstellung, dass sie sich schwarz ärgerte, eine diebische Freude.

Wer hatte eigentlich angefangen? Keiner von ihnen! Das war jetzt auch unwichtig.

Noch ein weiterer Unfall hatte sich in seinem Trupp ereignet: Zwischen der Wand des Laderaums und einem Auto, das hinaufgehievt wurde, war der Arm eines Mannes zermalmt worden. Er war ein Mestize. Noch nie hatte Dupuche so entsetzliche Schreie gehört. Wegen der Passagiere hatte man versucht, den Verletzten zum Schweigen zu bringen.

Eine Stunde später erfuhren sie, dass man ihm im Krankenhaus den Arm amputiert hatte.

Was war noch geschehen? Ach ja, Lili war mit einer Kolik ebenfalls ins Krankenhaus eingeliefert worden.

Die Schwarzen, die in den Hütten am Meer lebten,

hatten einen acht Meter langen Haifisch gefangen, den sie an einen Filmproduzenten verkauften, denn in den Straßen und am Hafen drehte man gerade einen Film. Überall begegneten einem Statisten im Seeräuberkostüm.

Als Dupuche eines Abends an Jefs Café vorbeikam, sah er die Brüder Monti im Gespräch mit dem Wirt, aber diesmal suchten sie ihn nicht auf.

»Mit dir haben sie auch nicht geredet?«, fragte er Véronique.

»Sie sind zweimal unten vorbeigegangen ... Ich dachte schon, sie würden heraufkommen ...«

Für sie war der Tagesablauf immer derselbe. Am Morgen stand sie als Erste auf, um ihm seinen Kaffee zu kochen, aber noch bevor er aus dem Haus war, legte sie sich, splitternackt wie sie war, mit rosaroten Fußsohlen und feigenfarbigen Brustspitzen, wieder zwischen die feuchten Laken.

Dann ging sie, wie er wusste, in Schlappschuhen und einem abgetragenen Fähnchen auf die Straße und schlenderte mit ihrer Milchkanne und einem Einkaufsnetz gemächlich durch das Viertel.

Erst gegen zwei oder drei Uhr nachmittags war sie fertig angezogen und wanderte dann meist zum Hafen hinunter. Von weitem winkte sie ihm zu, setzte sich auf einen Poller, schwatzte mit einem Zollbeamten oder einem Polizisten.

Wenn er sie nicht sah, konnte er sicher sein, sie zu Hause in Gesellschaft von fünf oder sechs Nachbarinnen anzutreffen, die bei ihr Tee tranken, und zwar echten Tee wie in den amerikanischen Kränzchen. Bei seinem Eintreten sprangen die Frauen auf und stoben davon.

Liebte er sie denn weniger? Liebte er denn überhaupt etwas?

Er hatte seiner Frau geschrieben:

Sei doch so gut und schicke mir meine beiden Woll-anzüge, die sich noch im Gepäck befinden ...

Er hatte nämlich erwogen, sie hier zu verkaufen. Anfangs hatte er noch die Kosten überschlagen, sich gesagt, dass er, wenn er jede Woche zwanzig Dollar zurücklegte ...

Aber wie viele Monate müsste er sparen, um die Reise bezahlen zu können? Und was würde er nach seiner Rückkehr in Frankreich tun?

Er hatte nichts zurückgelegt. Allen möglichen Leuten schuldete er kleine Beträge. Das Grammophon war schon außer Betrieb, ehe es abgezahlt war.

Seine zunehmende Schwerhörigkeit begann ihn zu beunruhigen. Er hatte nie besonders gut gehört, aber es war viel schlimmer geworden, und Véronique wusste es ganz genau, denn sie schrie, wenn sie ihm etwas zu sagen hatte.

Eines Tages, als er an Bord eines amerikanischen Schiffes arbeitete, sah er einen ehemaligen Kommilitonen das Schiff besteigen, der mit ihm den Geologiekurs besucht hatte, ohne dass dieser ihn erkannte. Das Schiff nahm Kurs auf Guayaquil. Dupuche hätte sich erkundigen können. Vielleicht war die s.a.m.é. inzwischen wieder zahlungsfähig. Oder hatte etwa eine andere Gesellschaft die Minen erworben und beutete sie nun aus? ...

Eine Stunde lang blieb er am Spill sitzen, beobachtete seinen Studienkollegen, einen Normannen mit blutrotem

Gesicht, der auf dem Promenadendeck stand und einer jungen Amerikanerin den Hof machte, mit der er gerade Tischtennis gespielt hatte.

Schließlich lief er eines Abends, als er gerade ins Haus treten wollte, Eugène Monti und Vater Tsé-Tsé in die Arme. Letzterer vermied es, ihm die Hand zu geben. Véronique hatte sich in eine Ecke des Zimmers verdrückt, wusste nicht, was sie mit sich anfangen sollte und wäre am liebsten hinuntergegangen.

»Bleib!«, sagte er.

Tsé-Tsé stand auf und erklärte.

»Dann gehe eben ich!«

»Wie es Ihnen beliebt.«

Aber Eugène griff ein:

»Immer mit der Ruhe! Wir wollen doch keinen Streit vom Zaun brechen … Hör mal, Dupuche, wir müssen ein ernstes Wort mit dir reden … Es wäre besser, wir blieben unter uns …«

Er aber beharrte auf Véroniques Anwesenheit, einfach weil es ihm so passte, und auch weil er seine drei Glas Chicha getrunken hatte. Seit dem Neujahrstag hatte er nämlich sein tägliches Quantum auf drei Rationen erhöht.

»Ich hätte es vorgezogen, allein mit Ihnen zu reden«, brummte Tsé-Tsé und setzte sich wieder.

Seine ganze Haltung drückte den Widerwillen, die Verachtung aus, die er für Dupuche empfand. Hatte er denn vergessen, dass er einmal völlig mittellos nach Panama gekommen war und dass er zusammen mit Jef, einem eben entwichenen Sträfling, als Kellner gearbeitet hatte?

»Ich weiß nicht, ob Ihnen klar ist …«

»Was?«

»Dass die Sache nicht so weitergehen kann ... Sie haben eine Frau ... Sie ist unglücklich ...«

»Meinen Sie?«

Trotz der Chicha oder vielleicht sogar dank der Chicha war sein Kopf kühl und klar. Er durchschaute alle Hintergedanken des Alten, der keine Ahnung von Diplomatie hatte und dem die Situation von allen am peinlichsten war. Véronique weinte, und um die anderen in Wut zu bringen, schon allein darum, ging er zu ihr und legte ihr den Arm um die Schultern.

»Was sagten Sie eben?«

»Sogar der Gesandte ist empört, und wenn er wollte, könnte er einen Ausweisungsbefehl erwirken ...«

Ah, sie drohten ihm! Das hatten sie sich ja fein ausgedacht!

»Weswegen denn?«, fragte er ruhig.

Nur eines fürchtete er, nämlich dass man ihm nahe legte, wieder mit Germaine zusammenzuleben. Aber da war doch Christian! Nein! Das war also nicht gut möglich. Sie hatten etwas anderes ausgeheckt!

»Sie sind hier der einzige Franzose, der in aller Öffentlichkeit ein Verhältnis mit einer Negerin hat ... Noch dazu mit einem Weibsstück, das in California auf den Strich gegangen ist! Sie sind auch der Einzige, der sich erdreistet, sowohl auf französischen als auch auf ausländischen Frachtern zu arbeiten, und das in einem Trupp, der nur aus Eingeborenen besteht ...«

Und dann sagte ihm Tsé-Tsé unverblümt ins Gesicht:

»Sie sind ein mieser kleiner Dreckskerl! Um Ihnen das unter die Nase zu reiben, bin ich hergekommen. Ich habe mich Ihrer Frau angenommen. Ich habe verhindert, dass sie mit Ihnen zusammen und durch Ihre Schuld in den Schmutz gezogen wird. Also habe ich das Recht dazu.«

»Komm, Véronique …«

Sie wagte nicht, ihm zu folgen. Er musste sie fortzerren. Er ging mit ihr zur Tür, stieg schon die Treppe hinab.

»Dupuche! …«, schrie Monti, der nicht mehr aus noch ein wusste.

»Schert euch fort!«

Véronique weinte immer noch, stammelte:

»Puche! Puche! … Du darfst nicht …«

»Was darf ich nicht?«

»Was weiß denn ich? Sie werden dich ins Gefängnis stecken … Außerdem gibt es noch deine Frau …«

»Blödsinn!«

Sie gingen den Strand entlang, kamen an den amerikanischen Villen vorbei, über ihnen rauschten die Kokospalmen. Véronique schnaubte durch die Nase, trocknete schließlich ihre Tränen.

»Tsé-Tsé setzt hier alles durch, was er will … Er bezahlt doch die Wahlen.«

Das war ihm gleichgültig, den Grund hätte er nicht zu sagen gewusst. Er fühlte sich leicht. Er hatte vor nichts Angst, nicht einmal vor Schlägen, denn seit Jefs Ohrfeige wusste er, dass es nur einen kurzen Augenblick zu überstehen galt.

»Sei still!«

»Sie kommen bestimmt wieder«, behauptete sie.

»Na, sollen sie doch.«

Wenn er die Möglichkeit dazu gehabt hätte, wäre er jetzt ein Glas Chicha trinken gegangen, und er nahm sich fest vor, sich bei Marco eine ganze Flasche zu beschaffen. Es war ihm unangenehm, Tag für Tag in seine schmutzige Bretterbude zu gehen, wo jedermann ihn sehen konnte.

Trotz allem schlenderte er an diesem Abend an Jefs Café vorbei, um sich zu vergewissern, dass Tsé-Tsé und Eugène nicht nach Panama zurückgekehrt waren. Er sah sie inmitten des kleinen Freundeskreises sitzen, in dem Tsé-Tsé in gewisser Hinsicht als der Chef anerkannt wurde.

»Na, siehst du, Nique?«

»Es geht kein Zug mehr … Ich habe Angst …«

Ihre Angst war so groß, dass sie vor dem Schlafengehen den Tisch gegen die Tür rückte! Als er nach einer Stunde erwachte, saß sie immer noch aufrecht im Bett, und ihre Haltung ließ vermuten, dass sie betete.

»Pass auf dich auf, Puche!«, beschwor sie ihn am nächsten Morgen.

Weshalb denn? Sollte er etwa darauf achten, dass man ihm kein Auto auf den Kopf fallen ließ? Er klopfte bei Marco an, dem Mestizen mit den tiefen Schatten unter den Augen, den er lange bitten musste, bevor er ihm zu dieser Stunde ein Glas Chicha ausschenkte.

»Wegen Ihnen werde ich noch erwischt …«, seufzte er.

Doch die Lademaschine funktionierte wie eh und je, funktionierte in solchem Tempo, dass die Männer unten nicht nachkamen und die Kisten beim Hochhieven ständig die Blechwände rammten.

Vergeblich hielt Dupuche nach Véronique Ausschau. Sie kam nicht auf den Kai. Ein Gewitter war im Anzug. Er wollte sofort nach Hause gehen, trat aber dennoch in Marcos Bude.

Dieser blickte ihn merkwürdig an. Er musste etwas auf dem Gewissen haben.

»Hat jemand dich ausgefragt?«, wollte Dupuche wissen.

»Wer hätte denn kommen sollen?«

»Ich weiß nicht ... Schon gut!«

Tsé-Tsé war noch bei Jef, mit dem er im schattigen Saal des menschenleeren Cafés Tricktrack spielte. Aber Eugène war nicht zu sehen. Dupuche beschleunigte seine Schritte, widerstand der Versuchung, bei den Hütten am Wasser zu verweilen, wandte sich nach rechts, sah ein Taxi vor der Haustür stehen. Vier oder fünf Negerkinder tanzten darum herum. Ein Taxi war ein Ereignis in diesem Viertel.

Er hob den Kopf, sah niemanden auf der Veranda.

»Ist jemand oben?«, fragte er die Hauswirtin.

»Eine Dame ist da ...«

Mit schwirrendem Kopf stieg er die Treppe hinauf. Jetzt hätte er gern etwas getrunken. Als er oben ankam, öffnete sich die Tür, Véronique trat heraus, sah ihn mit stumpfem Blick an, rief:

»Puche! ... Sie ist da!«

Véronique streifte ihn im Vorbeirennen, sie weinte und schloss sich unten im Zimmer der Hauswirtin ein.

Langsam, gemessen, ruhig, wie im Traum brachte Dupuche die letzten fünf Stufen hinter sich, wandte sich nach links, und sein Blick fiel in sein Zimmer mit der Nähmaschine, den gelben Vorhängen, der Teekanne und zwei Tassen auf dem Tisch.

»Wo bist du?«, fragte er.

Er wusste, dass er jetzt seiner Frau begegnen würde. Er

sah sie an einer Säule der Veranda lehnen, den Griff ihrer Handtasche mit beiden Händen umfassend. Sie trug ein Kleid, das er nicht an ihr kannte.

Ohne Hast schloss er die Tür. Er zitterte nicht, als er sagte:

»Setz dich …«

9

Vielleicht war Germaine so verblüfft, dass alle anderen Empfindungen daneben verblassten! Als sie auf der Stuhlkante Platz nahm, waren ihre Augen unverwandt auf Dupuche gerichtet. Ihr Gesichtsausdruck veränderte sich, büßte ein wenig von seiner anfänglichen Entschlossenheit ein.

Er aber wusch sich die Hände, wie er es jeden Abend beim Heimkommen tat, aber diesmal ließ er sich viel mehr Zeit als sonst.

Er schwieg absichtlich! Volle Absicht war auch die Art, wie er zu verstehen gab, dass er hier zu Hause war: Er machte sich im Zimmer zu schaffen, ließ die Rollläden gegen die einfallende Sonne herunter, verrückte eine Nippesfigur.

»Ich bin gekommen ...«, begann sie.

Er wiederholte kühl:

»Ja, du bist gekommen.«

Schließlich setzte er sich ihr gegenüber und sagte:

»Man hat mir keine Märchen erzählt: du bist schöner geworden.«

Das traf zu. Zur Zeit ihres Zusammenlebens war sie noch irgendwie unfertig gewesen, während sie nunmehr zur vollen Reife erblüht war. Sie hatte noch an Selbstvertrauen, an Sicherheit, an Ausgeglichenheit gewonnen.

Und doch war sie verwirrt. Die Begegnung ließ sich

nicht so an, wie sie erwartet hatte, und weiterhin ruhten ihre Augen bekümmert auf ihrem Mann.

»Du hast dich verändert«, seufzte sie schließlich.

Er lächelte. Er wusste, dass es kein reizvolles Lächeln war, denn vor einigen Tagen hatte er sich einen Schneidezahn abgebrochen.

»Tja, man verändert sich eben!«

»Warum hast du mich nie in Panama besucht?«

»Ach so ...«

Immer noch lächelnd musterte er seine Frau von Kopf bis Fuß, stellte fest, dass sie völlig neu eingekleidet war. Sie geriet aus der Fassung, fingerte mechanisch am Verschluss ihrer Handtasche, während er weiterhin schwieg.

Er hörte die Kinder auf der Straße, die um das Taxi herum ihre Spiele trieben. Aus dem Zimmer der Hauswirtin, in das Véronique sich geflüchtet hatte, drang Stimmengemurmel nach oben. Der Raum war voller Lichtstreifen, denn zwischen den Latten des Rollladens sickerte die untergehende Sonne herein.

Ein Strahl erreichte die Nähmaschine in der Ecke. Auf dem Kocher stand der bauchige blaue Wasserkessel, und auf dem Bett lagen Strümpfe.

»Was hast du vor?«, fragte Germaine mit hartem Blick.

»Und du?«

Sie schien zu fürchten, in eine Falle zu tappen, und tastete sich nur vorsichtig weiter.

»Glaubst du denn, dass wir so weiterleben können?«

»Bist du nicht glücklich?«

Sie war nicht nur neu eingekleidet, sie trug auch eine ziselierte goldene Brosche, die er ihr nicht geschenkt hatte, zweifellos hatte Christian sie ihr verehrt.

Sie schlug nun einen geschäftsmäßigeren Ton an, erhob sich, machte einige Schritte:

»Es ist doch einfach lächerlich, verheiratet zu sein, und jeder lebt an einem anderen Ende des Kanals. In Panama weiß jeder, dass du ein Verhältnis mit einer Negerin hast.«

»Von dir weiß jeder, dass du mit Christian ein Verhältnis hast.«

Wie von der Tarantel gestochen, wandte sie sich um.

»Das ist nicht wahr! Ich verbiete dir, mich zu beschimpfen. Hörst du, Jo! Du solltest dich schämen ...«

»Du bist also nicht Christians Geliebte?«, fragte er ruhig.

»Zwischen uns ist nie etwas vorgefallen. Christian respektiert mich, und das könntest du auch tun ...«

»Dann ist es ja noch schlimmer!«

Einen Augenblick lang glaubte sie, dass er betrunken war, so merkwürdig klang seine Stimme.

»Was ist denn noch schlimmer?«

»Alles! Wenn ihr miteinander schlafen würdet, wäre das nur natürlich. Eure Leidenschaft würde euch entschuldigen. Wenn ihr aber nicht miteinander schlaft, ist das einfach lächerlich, ja geradezu widerlich.«

Sie verstand ihn nicht, und doch war sie beunruhigt, verlegen, als hätte sie gespürt, dass etwas Wahres in seinen Worten lag. Auch er hatte sich erhoben. Sie gingen nun beide um den Tisch herum, blieben immer wieder stehen.

»Ihr seid so etwas wie falsche Verlobte!«, erklärte er. »Verstehst du immer noch nicht? Selbst die alte Colombani, die sich schon als Schwiegermutter aufspielt, und Tsé-Tsé als Vorhut, der die Lage auskundschaftet ...«

Er fand nicht die richtigen Worte. In seinem Kopf war alles viel klarer, aber seine Gedanken kleideten sich in Bilder: das Hotel mit der weißen Fassade am schattigen Platz; Germaine an der Kasse, Germaine, der man jeden Wunsch von den Augen ablas; Madame Colombani, die von Zeit zu Zeit zu ihr trat, um mit ihr zu plaudern ... Dann wieder sah er Christian in seinem frisch gestärkten Anzug, mit parfümiertem Haar, wie er neben ihr lehnte ...

Und die Mahlzeiten am rückwärtigen Tisch rechter Hand! ... Gemeinsame Mahlzeiten, wie man sie in Familien einnimmt ... Und die Autofahrten, die sie alle zusammen ...

»Hast du dich denn anfangs um mich gekümmert?«, erwiderte sie. »Glaubst du vielleicht, ich hätte die Arbeit zu meinem Vergnügen übernommen?«

»Warum eigentlich nicht?«

Halb glaubte er selbst, was er da sagte. Hinter der Kasse hatte sie sich sofort heimisch gefühlt, und sie hatte es mit größter Selbstverständlichkeit hingenommen, dass ihr Mann nicht im Hotel unterkommen konnte.

»Wie kannst du es wagen, so etwas zu sagen, Jo? Dann hab aber auch den Mut auszusprechen, was geschehen wäre, wenn ich keine Stelle gefunden hätte ...«

»Vielleicht wären wir dann verhungert«, sagte er.

»Siehst du wohl?«

»Na und?«

Er musste immer noch lächeln. Er wusste, dass sie unfähig war, ihn zu verstehen, und das erheiterte ihn.

»Hab ich denn darauf gedrungen, Amiens zu verlassen, wo ich eine gute Stelle hatte?«

»Ich muss zugeben, das war nicht der Fall.«

»War ich je darauf aus, in dieses Land zu kommen?«

»Das auch nicht.«

»Habe ich mit einem Halunken wie Grenier einen Vertrag geschlossen?«

»Nein, ich.«

»Habe ich mich vielleicht schon in den ersten Tagen von Grund auf verändert?«

»Das hast du bestimmt nicht. Du bist genau dieselbe geblieben ...«

»Na, siehst du!«

»Genau das sage ich ja. Du bist ganz dieselbe geblieben. Du warst schon so, als wir zum Pfarrer gingen, um die Hochzeit zu besprechen. Nur du hast geredet. Du hast alles geregelt, alles bestimmt, du hast den Preis für die Messe heruntergehandelt ...«

»Ist das ein Vorwurf?«

»Wer sagt was von Vorwurf? Ich finde das alles großartig!«

»Nun, was hast du dann noch gegen mich vorzubringen? Habe ich mich etwa mit einem Neger kompromittiert?«

Er rückte den Wasserkessel zur Seite, weil er anfing zu pfeifen.

»Nein, nein!«

»Du gibst also zu, dass allein du die Schuld hast?«

»Wenn das Schuld genannt werden kann! Warum auch nicht?«

Sie zerrte nervös an ihrer Handtasche.

»Was ist also?«, schrie sie.

»Nichts ist!«

»Mehr weißt du nicht zu sagen?«

»Du bist ja gekommen ...«

»Ich bin gekommen, damit wir einen Entschluss fassen ...«

»Was für einen Entschluss?«

»Gedenkst du, wieder mit mir zusammenzuleben? Hast du irgendwelche Pläne? Hast du eine Möglichkeit gefunden, nach Frankreich zurückzukehren?«

»Nein«, sagte er sanft.

»Und du behauptest, dass ich weiterhin deine Frau bin?«

»Nein ...«

Beinahe hätte sie gelacht, so sehr war sie aus der Fassung geraten. Alles hätte sie erwartet, aber nicht dieses gelassene ›Nein‹. Sie war zu leicht an ihr Ziel gelangt, und das beunruhigte sie.

»Du wärest also mit einer Scheidung einverstanden, Jo?«

»Herrgott noch mal!«

Ließen sie ihre Nerven plötzlich im Stich? Ihre Augen verschleierten sich, dann brach sie in Tränen aus. Dupuche ging verlegen um sie herum.

»Warum weinst du nur? Du siehst doch, dass ich mit allem einverstanden bin ...«

Sie blickte ihn an und begann, noch heftiger zu weinen. Aber nun wandte er sich ab, denn er hatte verstanden, was ihr Blick besagte. Er wusste, dass er abgemagert war, dass seine Augenränder sich entzündet hatten. Wegen des Staubes am Hafen trug er das Haar sehr kurz geschnitten, und sein abgebrochener Zahn entstellte ihn noch mehr. Vielleicht dachte sie an Lamy, der versucht hatte, Ruhe vorzutäuschen.

»Warum hast du mich schon in den ersten Tagen verlassen?«, fragte sie, tupfte sich dabei mit einem Taschentuch die Augen und zog geräuschvoll die Nase hoch.

Er entgegnete:

»Das warst du!«

»Wieso ich? Wagst du das wirklich zu behaupten, Jo? Wo ich doch gearbeitet habe, um …«

»Das ist es ja eben. Du begreifst einfach nicht. Du, ja du hast gearbeitet! Du, ja du hast deinen, unseren Lebensunterhalt verdient! Du, ja du hast mit den Colombanis am Tisch gegessen!«

Er strich sich mit der Hand über die Stirn.

»Du hast es zugelassen, dass ich Würstchen verkauft habe.«

Er musste innehalten, sie aber wandte sich tief gerührt und von einer zärtlichen Regung übermannt, ihrem Mann zu. Er schüttelte abwehrend den Kopf und wanderte wieder um den Tisch herum.

»Du hast an deinen Vater geschrieben …«, fuhr er mit tonloser Stimme fort. »Du hast Briefe von ihm bekommen … du …«

»Du bist ungerecht, Jo! … An den Abenden, an denen du mich abholen kamst und wir zusammen spazieren gingen, warst du es, der kein Wort sagte. Du schienst nur darauf zu warten, dass ich endlich heimging … du liebst diese kleine Negerin, nicht wahr?«

Ein leichtes Schulterzucken deutete an, dass er es selbst nicht wusste.

»Wegen ihr bist du nie nach Panama gekommen, wegen ihr hast du nichts unternommen, um mich zu dir zu holen …«

»Das glaube ich nicht.«

»Und jetzt wirst du ein Kind haben …«

Er sah überrascht auf.

»Was sagst du da?«

»Du wirst ein Kind haben …«

»Hat sie dir das erzählt?«

»Nein … Aber schau mich nicht so an … Monti war's …«

Zwei-, dreimal strich er sich über die Stirn. Er dachte an die merkwürdige Stimmung der letzten Tage zurück, an die Leute, die um das Haus herumgestrichen waren und sicher die Nachbarn ausgefragt hatten.

»Er hat sogar hinzugefügt, dass sie es abtreiben lassen will … Wusstest du das denn nicht?«

Er setzte sich hin.

»Hast du mir noch etwas zu sagen?«, fragte er mit veränderter Stimme.

Er wollte dem Gespräch rasch ein Ende machen.

»Kurz und gut, du willst dich scheiden lassen! Einverstanden!«

»Aber …«

»Ich nehme an, dass ich die Schuld auf mich nehmen soll! Du machst es dir verdammt leicht!«

Sie fürchtete sich vor ihm. Sie hatte sich die Unterredung ganz anders vorgestellt.

»Tsé-Tsé, der alle Welt kennt und großen Einfluss hat, wird die Sache in die Wege leiten … Ihr werdet heiraten können …«

»Jo! …«

»Was ist denn jetzt noch?«

»Ich weiß nicht … du machst mir Angst …«

»Weil ich sage, dass du Christian heiraten kannst? Er ist ein lieber Junge. Er wird mit dir nach Frankreich fahren ...«

»So hör doch, Jo! Du darfst mir nicht böse sein ... Ich weiß, dass du dich ärgern wirst ...«

»Dann behalt es lieber für dich ...«

»Ich ertrage es nicht, dich so zu sehen ... Versprich mir, dass du in das, was ich dir jetzt vorschlage, einwilligst ...«

»Nein.«

»Ich habe Geld auf die Seite gelegt ... Wenn du nach Frankreich oder sonst wohin fahren willst ...«

Sie war einem weiteren Tränenausbruch nahe.

»Stehe ich dir im Wege?«

»Aber nein! Sei nicht so gemein, Jo! Du weißt ja nicht, wie du aussiehst! Du machst mir Angst! ...«

»Ich bin doch die Ruhe selbst.«

»Nimm das Geld von mir an, mach damit, was du willst, ganz gleich was ...«

»Was sollte ich zum Beispiel damit tun?«

»Irgendwas halt ... du bist doch Ingenieur ... du bist intelligent ... Wenn du wolltest ...«

»Ich will aber nicht!«

Er stand auf, legte ihr die Hand auf die Schulter und schob sie sanft zur Tür.

»Geh jetzt! ... Tsé-Tsé braucht nur mit den Papieren herzukommen ... Ich unterschreibe, was er will ...«

Sie konnte sich nicht entschließen wegzugehen. Er wurde ungeduldig.

»Geh, sag ich! Siehst du denn nicht, dass es mir jetzt reicht? Was soll ich denn noch tun, damit du endlich gehst?«

Verstört wich sie zurück.

»Verschwinde! Das Taxi steht unten … Tsé-Tsé erwartet dich bei Jef …«

Er öffnete die Tür, trat auf den Treppenabsatz.

Im allerletzten Augenblick stürzte sie unvermittelt auf ihn zu, küsste ihn auf beide Wangen und stammelte unter Tränen:

»Mein armer Jo! …«

Er machte sich los, sagte nochmals:

»Geh!«

»Jo! … Schwöre mir, dass du keine Dummheiten machst …«

»Geh! …«

»Schwör's mir … du begreifst ja nicht … du kannst dich selbst nicht sehen …«

»Geh! So geh schon!«

»Ja …«

Völlig von Sinnen ging sie die Treppe hinunter, drehte sich immer wieder um, wischte sich über die Augen.

Er aber beugte sich bereits über das Geländer und rief:

»Nique! … Nique! … Komm! …«

Uff! Er atmete schwer. Er spürte eine Art Ballon in der Brust. Er hörte, wie sich eine Tür öffnete. Wahrscheinlich trafen die beiden Frauen unten im Flur aufeinander.

»Was ist los! Nique? … Komm rauf!«

Mit aufgerissenen Augen stieg sie die Treppe hinauf, langsam, zögernd, mit unerträglicher Feierlichkeit.

»Komm herein … Was hast du da unten getrieben?«

»Ich habe gewartet …«

»Warum hast du mir nicht die Wahrheit gesagt?«

»Was für eine Wahrheit denn, Puche?«

Sie blickte um sich, als könnte sie es nicht fassen, dass das Zimmer völlig unverändert war. Das Auto sprang an. Dupuche trat nicht einmal an den geschlossenen Laden.

Die Sonne ging unter. Die glänzenden Streifen erloschen, nur noch graues Licht sickerte ins Zimmer.

Erst als das Auto weit entfernt war, zog er die Rollläden hoch, und das bunte Treiben der Straße drang zu ihnen herein.

»Seit wann bist du schwanger?«

»Hat dir das deine Frau gesagt?«

»Gib Antwort!«, drängte er erregt.

»Seit zwei Monaten … Ich kann nichts dafür, Puche! … Du hättest es nie erfahren.«

Ein sonderbares Gefühl überkam ihn, als er sie da so stehen sah, genau an derselben Stelle, an der eben noch Germaine gestanden hatte. Sie war so klein, so schmal, irgendwie durchsichtig! Vor allem rührten ihn ihre dunklen Tieraugen, die ihn flehend ansahen.

»Mach uns was zu essen …«

»Ja …«, antwortete sie, glücklich über die Ablenkung.

Sie öffnete einen Schrank, stellte Käse, Brot und Butter auf den Tisch.

»Ich bin nicht zum Einkaufen gekommen … Hast du Hunger, Puche?«

Sie wagte nicht, ihn auszufragen. Sie holte eine Flasche Bier aus dem Wandschrank.

Er wusste, dass der Zug bereits abgefahren war, dass Germaine über Nacht hierbleiben musste, dass sie sicher bei Jef abstieg, in dessen Café sich alles versammelt hatte.

»Isst du denn nichts?«

Kauend blickte er Véronique an, die weder Brot noch Käse anrührte.

»Warum wolltest du es wegmachen lassen?«, fragte er unvermittelt, runzelte dabei die Stirn.

»Ich dachte, dass du böse sein würdest ...«

»Dummerchen!«

»Ist das auch wahr, Puche? Willst du ein Kleines mit mir haben?«

Und jetzt fing auch sie zu weinen an. Das war noch nie vorgekommen. Dicke Tränen, die kristallklar auf ihrer schwarzen Haut schimmerten, rollten ihr über die Wangen.

»Sei jetzt still!«, befahl er und erhob sich.

Jetzt reichte es ihm! Das Ganze ging ihm auf die Nerven.

»Hör auf zu weinen ... Was ist denn los mit dir?«

»Puche! ... Jetzt ginge es noch ... Ich soll die Arznei morgen einnehmen.

Sie durften nicht länger im Zimmer bleiben!

»Komm! ... Wir machen einen Spaziergang ...«

»Ja, Puche ...«

Sie trocknete ihre Tränen. Leise vor sich hin schluchzend, nahm sie ihr rotes Hütchen und setzte es auf ihren Kopf. Es saß lächerlich schief.

Die Leute vom Erdgeschoss und auch die anderen, die draußen an den Hauseingängen in der kühlen Abendluft saßen, blickten ihnen nach. Véronique wagte nicht, sich wie sonst bei ihm unterzuhaken. Er lenkte seine Schritte nicht zum Platz, sondern zum Bahnhof. Sie schritten über die Gleise.

»Wohin gehen wir, Puche?«

»Nirgendwohin! Wir gehen einfach spazieren.«

Im Freien brannte ein Holzfeuer. Eine Frau hielt eine Pfanne über die Flammen, um einen Fisch zu braten. Bis zum Bauch vermochte er die Schenkel der am Boden kauernden Gestalt zu sehen.

»Schmutzig ist es hier«, sagte Véronique zaghaft.

»Findest du?«

Er ging vorsätzlich nahe an den Hütten vorbei. Die Andenkenläden, die sich nur hundert Meter entfernt befanden, waren hell erleuchtet. Sie blieben geöffnet, weil um neun Uhr ein Schiff mit vierhundert Passagieren einlaufen sollte.

»Bist du mir böse, Puche?«

»Warum denn?«

»Deine Frau ist schöner als ich! Eine Weiße ist sie auch ...«

»So ist es«, spottete er. »Auch Christian ist ein Weißer, dann passen sie ja gut zusammen ...«

»Bist du traurig?«

»Ich? Ich möchte bloß wissen, warum ich traurig sein sollte ...«

Ja, warum eigentlich? Er setzte sich in den Sand ganz nahe ans Wasser, das ihm sanft die Füße leckte. Noch war es nicht ganz dunkel, aber die Schiffe auf der Reede erstrahlten bereits in vollem Lichterglanz.

Véronique verhielt sich ganz still, sie wagte nicht, sein Schweigen zu unterbrechen, ja nicht einmal sich ihm zuzuwenden, um in seinem Gesicht zu forschen. Zwei Fischer fuhren in einer Piroge aus, und das Wasser geriet unter ihren Paddeln kaum in Bewegung. Die Flugzeuge, die die Zone überwachten, flogen über die Stadt und den Hafen hinweg, richteten ihre Scheinwerfer in den schwarzen Himmel.

»Puche!«

Er rührte sich nicht. Man hätte meinen können, er schliefe.

»Weißt du was? Ich glaube, es wäre besser, du würdest zu deiner Frau zurückkehren …«

Auch jetzt machte er keine Bewegung, und sie sah nur das graue Meer vor sich, über dem ein einziger Planet schimmerte, als hinge er in der Schwebe.

»Sie möchte doch so gern wieder mit dir zusammenleben …«

Er legte sich auf den Rücken, das Gesicht dem Himmel zugewandt. Véronique wusste nicht mehr weiter. Sie hatte Angst vor ihm, genau wie Germaine.

»Puche …«

»Leg dich hin«, seufzte er.

Sie gehorchte, und da lagen sie nun nebeneinander im mit Erde untermischten Sand, der ein wenig von der Sonnenwärme gespeichert hatte, während das Wasser um ihre Füße spielte.

Im Schweigen der Nacht blinkte ein Stern nach dem anderen am Himmel auf, und in der Ferne rief eine Sirene das Lotsenschiff heran. Dupuches Mannschaft hatte dienstfrei. Das Schiff, das von Rio de Janeiro kam, befand sich auf einer Kreuzfahrt rund um Südamerika. In einer Stunde würden das Atlantic und das Moulin-Rouge brechend voll sein.

Alle verfügbaren Taxis und Fiaker warteten in Reih und Glied vor der Fahrgastanlage, während das Feuer bei den Hütten prasselnd in sich zusammenfiel und einen heißen Geruch nach verbranntem Holz verbreitete ...

»Hier ist es schön ...«, murmelte Dupuche und tastete mit einer Hand nach Véroniques Körper.

Sie schwieg. Sie war traurig. Sie hatte Sand in den Schuhen, und das störte sie, denn sie hatte keine Strümpfe angezogen.

»Noch sieben Monate ...«, sagte er ein wenig später.

Die Christians sind dann sicher verheiratet. Denn so nannte er sie bereits! Ihm kam wieder in den Sinn, dass seine Frau ihm vor ihrer Abreise nach Südamerika gesagt hatte:

»Es wäre besser, nicht gleich ein Kind zu haben, uns erst ein Zuhause zu schaffen ...«

Ja, wo hätten sie sich denn ein Zuhause schaffen sollen? Sie hatte sich ja gleich in den ersten Tagen bei den Colombanis häuslich eingerichtet!

Nun, es war gut so! Besser konnte es sich gar nicht treffen! Dupuche spürte Véroniques Leib unter seiner Hand.

»Gehen wir nicht heim?«, fragte sie.

»Wenn du willst.«

Er war ein friedfertiger Mensch. Außerdem hatte er Kopfschmerzen. Er erhob sich, schüttelte den Sand ab, der an seinen Kleidern klebte, Véronique zog ihre Schuhe aus, um sie abzuklopfen. Sie gingen über das Ödland, kamen an den in Nacht und Schweigen gehüllten Hütten vorbei, und Dupuche wäre beinahe auf ein kleines Mädchen getreten, das unter einem Lumpen schlief.

»Gib mir deinen Arm«, sagte er zu Véronique.

Als sie zu den Läden gelangten, beschleunigten sie ihre

Schritte, und sie fühlten sich erst in Sicherheit, als sie das schon in Schlaf gesunkene Negerviertel erreichten. Doch an manchen Hauseingängen leuchtete der rote Punkt einer brennenden Zigarette auf: Da saß noch jemand, der sich nicht dazu entschließen konnte, schlafen zu gehen, und sich, bequem auf seinem Stuhl zurückgelehnt, von der kühlen Nachtluft umfächeln ließ.

»Geh schon hinein ...«

Er spürte ihren besorgten Blick und fügte hinzu:

»Keine Angst ... Ich komme gleich wieder ...«

Sie gehorchte, und als sie im Haus verschwunden war, begab er sich im Laufschritt zu Marco. Alle Kunden waren schon gegangen. Marco war gerade dabei, das Licht zu löschen.

»Gib mir ein Glas ...«

Dann ein zweites. Seine Knie begannen zu zittern. Er lächelte.

»Ich zahle morgen ...«

»Schon recht, Monsieur Dupuche.«

Wiederum schritt er die Holzhäuser entlang. Seine Gedanken gingen ihre eigenen Wege. Er grinste. In seinem Gesicht zuckte es. Fast hätte ihn die Lust gepackt, bei Jef vorzusprechen, um ihm zu zeigen, dass er auf alle pfiff. Am Morgen hatte er einen Brief von seiner Mutter erhalten und ihn noch nicht einmal geöffnet. Wie immer berichtete sie ihm sicher von seinen Tanten, von ihren Nachbarinnen, von einer alten Frau, die das Zeitliche gesegnet hatte, von einer anderen, die krank oder Witwe geworden war. Jammern würde seine Mutter auf alle Fälle!

Er sah jetzt klar. Véronique zum Beispiel war jetzt

sechzehn Jahre alt. Wie ein Tierchen hatte sie mit ihm geschlafen, und jetzt bekommt sie ein Kind.

Na ja, danach wird es vorbei sein! Sie wird sicher so dick wie ihre Mutter werden.

Wie viele gute Jahre hatte sie eigentlich gehabt? Drei oder vier? Oder nicht einmal das?

Er brauchte nur einen Brief von seiner Mutter zu lesen, um zu erkennen, dass es überall dasselbe Lied war. Monsieur Velden, ein Belgier, der im Haus gegenüber wohnte und ein Auto besaß, litt an Magenkrebs. Er hatte zwei kleine Kinder, ein einjähriges und eines von vier Jahren.

Und die Familie Janin! Man hatte ihren gesamten Besitz verkauft. Sie waren die reichsten Leute des Viertels gewesen und hatten sich für fünfhunderttausend Franc ein Haus bauen lassen, das eine Loggia aus Natursteinen zierte. Jetzt war Janin in Paris auf Arbeitssuche.

Dupuche lauschte auf seine Schritte. Er fühlte sich benommen. Dann und wann kam er an einem Pärchen vorbei, das in einem Winkel schäkerte. So war es auch mit Germaine in Amiens gewesen, als sie noch miteinander verlobt waren und er sie, um sich zu brüsten oder um sich etwas vorzumachen, als »meine Frau« betitelte.

Küsse, die nach Winter und Speichel schmeckten. Dann pflegte sie nach Hause zu rennen und sich, wenn sie die Hand schon auf der Türklinke hatte, noch einmal umzuwenden.

Es war gut möglich, dass sie nichts mit Christian hatte, denn das entsprach durchaus ihrem Wesen. Nichts als glücksverheißende Blicke!

Und die beiden Colombanis, die mit zärtlicher Fürsorge über dem Idyll wachten, da sie nun endlich eine Frau ausfindig gemacht hatten, die sich an ihrer Stelle um das Geschäft kümmern würde!

Wenn sie nun aber nach der Heirat nicht mehr an der Kasse sitzen wollte? Wenn es ihr in den Sinn käme, sich von den Millionen ein schönes Leben in Europa zu leisten? Ha, ha!

Er hatte jetzt wirklich Kopfschmerzen. Er hätte vorhin weinen sollen, dann wäre ihm jetzt leichter.

Beinahe wäre er zu Marco zurückgekehrt, doch musste er annehmen, dass die Tür geschlossen sein würde und er Lärm schlagen müsste. Dazu kam noch, dass Véronique sicher schon vor Angst und Kummer außer sich war. Er war gerührt bei dem Gedanken, dass sie, die ja selbst noch ein blutjunges Mädchen war, ein Kind bekommen sollte. Bestimmt ein kleines Negerlein! Mit großen Augen in einem hellbraunen Gesichtchen! Wie ein Hündchen würde es auf dem Boden herumkugeln ...

»Puche! ...«

Jemand rief seinen Namen. Véronique. Er sah sie in der Dunkelheit an einer Straßenecke stehen, neben ihr ein Mann in Weiß, den er von weitem nicht erkannte.

»Dupuche, ich bin's ...«

Er erkannte den älteren der Montis, der ihm sympathischer war.

»Ich wollte mit dir reden ... Nique hat mir gesagt, dass du auf dem Heimweg bist.«

»Kommst du mit rauf?«

»Ich würde lieber im Gehen mit dir sprechen ...«

»Muss ich heim, Puche?«, fragte Véronique. Sie kannte bereits die Antwort.

»Ja ... Geh schon schlafen ...«

Als sie nicht mehr zu sehen war, legte ihm der ältere Monti die Hand auf die Schulter, um ihm seine freundschaftliche Absicht kundzutun.

»Ich muss ernsthaft mit dir reden ... Deine Frau ist vorhin völlig außer sich ins Café gekommen ... Was hast du ihr gesagt?«

Unwillkürlich lenkten sie ihre Schritte zum Strand, den die Kokospalmen säumten, während vom Hafen her ein ganzer Schwarm von mit Touristen beladenen Taxis in die Stadt einfiel.

10

Mit gedämpfter Stimme, immer wieder in seiner Rede innehaltend, sagte Eugène Monti, indem er langsam einen Fuß vor den anderen setzte:

»Überleg es dir genau ... Eben habe ich deine Frau gesehen ... Ich bin Christians Freund, aber es ist meine Pflicht, dich davon in Kenntnis zu setzen, dass du, wenn du wolltest ...«

Sie wandelten durch den dunklen Dom des Schweigens, wo die Kokospalmen wie Säulen aufragten. Im Gras waren ihre Schritte nicht zu vernehmen, und mitunter streiften sie reglose Formen, spürten einen lebendigen Atem, wie man den Schatten eines alten Weibleins am Beichtstuhl errät.

»Ich behaupte ja nicht, dass sie dich noch liebt, aber sie würde bestimmt lieber bei dir bleiben, als ...«

Ja, als einen Selbstmord auf dem Gewissen zu haben! Nein, so schlimm brauchte es gar nicht zu kommen. Es genügte, wenn er auf seine Rechte pochte, sie daran erinnerte, dass er ihr Mann war.

»Ich glaube, dass Tsé-Tsé, um Komplikationen zu vermeiden, euch in diesem Falle helfen würde, nach Frankreich zurückzukehren ...«

Sie waren nur wenige Meter vom Meer entfernt und konnten es nicht einmal hören.

»Was gedenkst du zu tun?«

»Soll sie Christian heiraten«, brach es aus ihm hervor.

Er begann, die Wahrheit zu ahnen oder jedenfalls das, was ihm als die Wahrheit erschien. Man hatte Angst vor ihm! Man fürchtete den Skandal. Man schickte Monti zu ihm, um ihn auszukundschaften. Die anderen warteten bei Jef auf seinen Beschluss.

»Und du selbst? Wirst du nicht damit aufhören?«

»Womit denn?«

»Mit der Chicha natürlich! Ich will dir eine Geschichte erzählen, die dich vielleicht davon abhält, es allzu weit zu treiben, und die dir beweist, dass die Colombanis nicht so sind, wie du denkst ... du hast Monsieur Philippe gesehen ... Als er noch seinen Posten und sein Vermögen hatte, pflegte er jedes Jahr einmal nach Europa zu reisen. Dort hat er eine junge Frau kennengelernt und sie geheiratet ... Er hat sie hergebracht ... Er hat sich ein Haus gebaut, die schönste Villa im Viertel La Exposición ...«

Misstrauisch hörte sich Dupuche die Geschichte an.

»Nach sechs Monaten ist seine Frau an Typhus gestorben, und von diesem Tag an war Monsieur Philippe verloren, denn er gab sich die Schuld am Tod seiner Frau ... Vergeblich versuchte man ihm klarzumachen, dass seine Frau auch in Europa an Typhus hätte erkranken können ... Er verfiel der Chicha ... Er gab seine Stellung bei der French Line auf, ließ sich auf so unsinnige Spekulationen ein, dass er nach drei Jahren völlig ruiniert war. Und siehst du, da hat Tsé-Tsé ihn aufgenommen, nur weil er ihm früher mal einen kleinen Dienst erwiesen hat. Um ihn nicht zu kränken, gab er ihm den Posten des Geschäftsführers. Er lässt sich nicht einmal anmerken, dass er von Monsieur Philippes Schwäche für die Chicha weiß.«

Er konnte nicht sehen, dass ein kleines Lächeln um Dupuches Mund spielte. Jetzt fühlte er sich mit Monsieur Philippe verwandt, den er am Anfang nicht hatte leiden können. Er verstand ihn. Er wusste nun, warum seine Augen so abwesend blickten, warum er, ein Mittagsschläfchen vorschützend, den größten Teil des Tages auf seinem Zimmer verbrachte.

Die tiefe Gleichgültigkeit gegenüber seiner Umwelt wurde ihm nun verständlich. Er hatte sich in sein Inneres zurückgezogen. Er war sich selbst genug, und die schlaffe Hand, die er einem zur Begrüßung reichte, besagte nichts anderes, als dass ihm nichts daran lag, am Leben der anderen teilzuhaben.

Vielleicht verachtete er Tsé-Tsé sogar! Möglich war es schon! Auch Dupuche wäre in diesem Augenblick durchaus fähig gewesen, Eugène einfach stehenzulassen, grußlos nach Hause zu gehen.

Was war nur in die Leute gefahren, dass sie einem dauernd ihr Mitleid aufdrängen wollten? Germaine sei ganz außer sich, hatte Monti eben gesagt. Dafür bestand wirklich kein Grund.

»Wenn du schon mit Véronique zusammenleben willst, dann zieh doch wenigstens anderswohin, nach Argentinien zum Beispiel, nach Brasilien oder Mexiko.«

»Tsé-Tsé wird dafür aufkommen«, ließ sich Dupuche mit so tonloser Stimme vernehmen, dass Monti das Blut ins Gesicht schoss.

Wie viele Leute hatten sich wohl zusammengetan, um ihr Scherflein zu Christians Glück beizutragen? Waren es

fünf? Zehn? Der ganze Klan? Ein ganzer Klan in Alarm-
bereitschaft, wo doch Dupuche jedem seine Ruhe gönnte.

»Ich gehe schlafen«, sagte er.

Ohne Eugène die Hand zu geben, dessen weißer Anzug noch im Schatten der Kokospalmen schimmerte,
entfernte er sich.

Warum ließen sie so lange auf sich warten? Drei Monate
waren vergangen, und man hatte ihm immer noch keines
der für die Scheidung notwendigen Papiere zur Unterschrift vorgelegt. Jedes Mal, wenn er abends heimkam,
fragte er Véronique:

»Sind sie nicht da gewesen?«

Er meinte damit die ganze Bande, alle, die das junge
Paar unter ihre Fittiche genommen hatten. Sie kamen
einfach nicht! Sie ließen sich überhaupt nicht in Colón
blicken. Nur Jef sah er, der ihn mit Verachtung strafte;
einen der Zuhälter, die ihn nicht mehr grüßten. Nur Lili
nickte ihm von weitem zu.

Eines Tages, während ein Schiff der Grace Line ge-
löscht wurde, fühlte er sich plötzlich so elend, dass er
gerade noch fähig war, einen Kameraden herbeizurufen,
und man ihn in den Schatten tragen musste, wo er sich
erbrach und von Krämpfen geschüttelt wurde.

Von der Ambulanz brachte man ihn in die Unfallsta-
tion im Hafen, und am nächsten Tag transportierte man
ihn nach Panama, ins große Hospital.

Ärzte und Krankenschwestern umringten ihn. Er war
nur halb bei Bewusstsein und fragte zehnmal, ob man
Véronique benachrichtigt hatte, vergaß aber, ihre Adresse
anzugeben.

Seine Krankheit war wohl sehr schlimm, denn alle waren freundlich zu ihm, und man näherte sich ihm auf Zehenspitzen.

Hatte er Typhus wie Monsieur Philippes Frau? Wohl eher einen schweren Leberschaden, vielleicht eine Gallenkolik, denn man flößte ihm hohe Dosen Adrenalin ein.

Er schlief fast ununterbrochen. Er war sehr müde. Wenn er erwachte, blickte er auf die feinen Lichtstreifen, die durch die Läden sickerten und auf seiner Netzhaut drollige Muster und menschenähnliche Figuren bildeten.

Eines Tages standen die Brüder Monti an seinem Bett. Sie hatten einen Korb mit europäischen Früchten mitgebracht, aber er durfte keine davon essen.

»Wie fühlst du dich, alter Junge?«

Er war so wirr im Kopf, so fern von allem, dass er Eugène für Fernand hielt.

Am nächsten Tag erkannte er Germaine an der Seite Eugènes. Sie hielt ein zerknülltes Taschentuch in der Hand. Sie blieb lange neben seinem Bett sitzen und blickte ihn an.

»Leidest du sehr, Jo?«

Er schüttelte den Kopf. Und es stimmte, er hatte kaum Schmerzen, vielleicht weil man ihm zweimal am Tag eine Spritze gab. Da war nur diese ständige Müdigkeit, diese Schlafsucht, und immer wieder versank er in seine verschwommenen Träume.

Vielleicht täuschte er sich, aber einmal glaubte er, Christian neben Germaine zu sehen, und jeden Morgen standen frische Blumen auf seinem Nachttisch. In Wirklichkeit wurden ihm all diese Dinge erst später bewusst, als man ihn eines Morgens im Bett aufsetzte, ihm einen

Spiegel vorhielt, in dem er sein ausgemergeltes, mit einem roten Bart überwachsenes Gesicht entdeckte.

»Bin ich sehr krank gewesen?«

Die Krankenschwester war eine weißblonde Amerikanerin norwegischer Herkunft.

»Wir hatten die Hoffnung schon aufgegeben.«

Erst jetzt bemerkte er die Blumen, die Früchte.

»Hat meine Frau das alles gebracht?«

»Ja, das stammt alles von ihren Freunden, und auch von der jungen Dame, die so reizend und distinguiert aussieht … Für vierundzwanzig Stunden lagen Sie auf der Allgemeinen. Die Dame hat alles in die Wege geleitet, um sie auf die Privatstation zu verlegen …«

»Ach, wirklich?«

Er hatte einen trockenen Mund und hätte gern ein Glas Chicha verlangt. Sein Blick wurde hart.

»Sonst hat mich niemand besucht?«

Sie hantierte mit Fläschchen und Handtüchern, sagte schließlich:

»Eine kleine Negerin steht den ganzen Tag draußen vor dem Gittertor, aber Farbige haben hier keinen Zutritt. Für sie gibt es eine eigene Abteilung … Was machen Sie da?«

Unter verzweifelten Anstrengungen, aus dem Bett zu kommen, stieß er aus:

»Ich will hier raus!«

Er stürzte zu Boden, und sie rief eine Kollegin herbei, um ihn wieder aufs Bett zu heben.

»Jetzt werden Sie aber brav sein!«

Aber nein! Damit war es jetzt vorbei! Er betrachtete sie bereits als seine Feindin. Er belauerte sie, als wollte er die geringste Unaufmerksamkeit ihrerseits ausnutzen.

»Ich will, dass man die Blumen wegbringt ...«

Sie gehorchte.

»Ich will auf die Allgemeine zurück ... Haben Sie gehört?«

Vielleicht hätte man sich die Scheidung sparen können! Er war so ergriffen, dass er zu ersticken glaubte. Er sah noch, dass die Schwester an sein Bett trat, dann musste er wohl in Ohnmacht gefallen sein.

»Hast du die Papiere mitgebracht?«

Sein Kopf war klar, er saß jetzt aufrecht im Bett, und man hatte ihn sogar rasiert.

»Was für Papiere?«, stammelte Germaine, die zu Monti hinüberblickte, um ihn zum Zeugen ihrer Unschuld anzurufen.

»Die Scheidungspapiere ... Da ich ja diesmal nicht verreckt ...«

»Red nicht so, Jo!«

»Wenn ich aber nun die Papiere unterschreiben will?«

»Du hast noch Fieber ... du brauchst noch Ruhe ...«

»Ich will auch, dass man Véronique zu mir lässt ...«

»Ich habe bereits um Erlaubnis nachgesucht, aber es scheint unmöglich zu sein. Nicht einmal Tsé-Tsé hat etwas erreichen können ...«

Sieh mal an! Die ganze Bande hatte sich um ihn gekümmert, hatte sich an Wohltätigkeit überboten, und nun war er ihnen natürlich auf ewige Zeiten zu Dank verpflichtet!

»Ich will jetzt schlafen ...«

So mussten sie ihn wohl in Ruhe lassen. Nur die Norwegerin blieb in seiner Nähe, machte sich im Zimmer zu schaffen, aber in Wirklichkeit bewachte sie ihn, da man ihn für leicht erregbar hielt.

»Haben Sie es ihr gesagt?«

»Ja …«

Er hatte sie damit beauftragt, Véronique mitzuteilen, dass es ihm besser ginge und dass er das Krankenhaus in zwei Tagen verlassen würde.

»Haben Sie ihr auch ganz bestimmt gesagt: in zwei Tagen?«

»Aber ja.«

Er hatte das Gefühl, dass sie ihn belog, denn man wollte ihn länger hier behalten. Sogar einen anderen Arzt hatte man kommen lassen, der ihm alle möglichen Fragen gestellt und ihn eine ganze Stunde lang untersucht hatte.

»Was mag dieser Kerl an mir noch entdeckt haben?«

»Nichts … Es geht Ihnen besser …«

»Und in zwei Tagen werde ich entlassen?«

Sein Verstand arbeitete fieberhaft, und er glaubte zu begreifen, warum man so besorgt um ihn war. Glaubte man gar, er sei verrückt geworden?

»Ihre Frau ist im Flur. Versprechen Sie mir, sie freundlich zu empfangen!«

»Ich habe ihr nichts zu sagen.«

»Ihretwegen wird sie wieder weinen …«

»Weshalb bloß? Hat sie denn schon geweint?«

»Fast bei jedem Besuch. Ich will Ihnen mal was sagen: Sie sind ein böser Mensch …«

»Lassen Sie sie herein …«

Als sie eintrat, sagte er:

»Hör mal, Germaine! Meinetwegen kannst du noch einmal kommen, aber nur mit den Papieren …«

Er war es leid! Er kam sich ja vor wie ein Gefangener.

Tsé-Tsé zahlte, das verstand sich von selbst, denn wer sonst sollte die Rechnung für das Krankenzimmer begleichen! Aber das war nur ein schlauer Schachzug, um ihm die Zügel aus der Hand zu nehmen.

»Ich möchte dir nur sagen, Jo ... Wenn du willst, kehren wir, nur wir beide, in drei Wochen nach Frankreich zurück ... Der Klimawechsel wird dir guttun ...«

»Nein!«

»Deine Mutter hat mir geschrieben. Sie macht sich Sorgen, weil sie nichts mehr von dir gehört hat ...«

Er drehte sich zur Wand, sodass Germaine nichts anderes übrig blieb, als das Zimmer zu verlassen.

»Hören Sie, Schwester Elsa, wenn Sie mich nicht in zwei Tagen von hier weglassen, schlage ich alles kurz und klein!«

Doch erst acht Tage später war es so weit. Der Direktor persönlich trat in sein Zimmer, zuckte mit den Schultern. Man händigte ihm seine Arbeitskleidung, seinen großen Strohhut und seine dunkle Brille aus.

Als er durch das Gittertor kam, sah er in einiger Entfernung das Auto der Montis warten, an dessen Steuer Eugène saß, doch gleichzeitig stürzte Véronique in seine Arme. Hinter ihr standen die dicke Mama Cosmos und sogar Papa Cosmos, dem die Tränen über die Wangen liefen.

Er umarmte und küsste sie schon deswegen, weil er wusste, dass man ihn von den Fenstern des Krankenhauses aus beobachtete.

Die Nacht verbrachte er bei der Familie Cosmos. Er schlief neben Véronique, die schon sehr schwer war. Am nächsten Morgen verließ er zusammen mit ihr das Haus und nahm den Zug nach Colón, nachdem er Germaine geschrieben hatte, dass er die Scheidungsformalitäten so schnell wie möglich hinter sich bringen wolle.

Drei Tage darauf suchte ihn ein Jurist auf, dessen braune lederne Aktentasche einen ganzen Stoß von Papieren enthielt.

Seine Glieder waren so schlaff, dass er den Hafen nur mit Mühe erreichte, und er widersprach nicht, als man ihm erklärte:

»In Ihrem jetzigen Zustand können Sie nicht arbeiten. Sie müssen sich erst erholen.«

Ein kleiner Jude bot ihm seine Dienste an und riet ihm, von der Versicherung eine Vergütung zu verlangen, denn er sei ja schließlich während der Arbeit erkrankt. Vierzehn Tage lang rannte er in seinem Gefolge von Pontius zu Pilatus, antichambrierte, wurde überaus kühl, bisweilen sogar mit unverhohlener Verachtung empfangen, und schließlich erhielt er ein Almosen von fünfzig Dollar, das er mit dem Mittelsmann teilen musste.

Marco war wegen illegalen Ausschanks von Chicha verhaftet worden, und so musste er jetzt einen nach Abwässern stinkenden Keller im tiefsten Negerviertel aufsuchen.

Mit der Post kamen weitere Papiere, seine Scheidung betreffend, und einen Monat darauf erfuhr er, dass er schuldig geschieden war.

Ihm blieben noch ganze zwei Dollar. Mit ihrem verschwollenen Bäuchlein, das ihren zarten Mädchenleib nach vorne zu ziehen schien, sah Véronique recht drollig aus. Sie hielt das Zimmer nicht mehr in Ordnung, und der Tisch war ständig mit schmutzigen Tellern und klebrigen Gläsern vollgestellt.

Da seine Lederschuhe verschlissen waren, begann er jetzt, Leinenschuhe zu tragen, die er noch in Frankreich für die Überfahrt gekauft hatte, denn er war der Meinung gewesen, dass er damit an Bord eine gute Figur machen würde.

An einem Abend kam er bei Jef vorbei, und als dieser ihm auf der Straße hinterherlief, hatte er für einen Augenblick Angst, weil er nicht wusste, was der Koloss von ihm wollte.

»Bleib stehen, verdammt noch mal!«

Mit nacktem Hals pflanzte er sich vor ihm auf, blickte ihn verächtlich an:

»Du bist wohl am Ende, was?«

Dupuche antwortete nicht.

»Was ich jetzt tue, tue ich nicht für dich, sondern für uns alle, für uns Franzosen ... In der Stadtverwaltung ist eine Stelle frei ... Willst du sie?«

»Was für eine Stelle?«

»Irgendeine Stelle halt! Du wirst sie auf jeden Fall annehmen, hörst du? Du hast es ja so gewollt. Am Anfang waren wir alle dafür, dir zu helfen ... Komm mit rein ...«

Er schob ihn ins Café, wo drei Kunden um einen Tisch saßen.

»Ich gebe dir einen Brief für den Bürgermeister mit ... Er sucht jemanden, um die Sträflinge zu beaufsichtigen, die die öffentlichen Grünanlagen säubern ... Hier! Trink ein Glas Bier ...«

Wie seltsam! Dupuche fühlte sich nicht gedemütigt. Der andere war eben stärker als er. Er war ein Rohling. Was war schon dabei? Wie ein Bär in seinem Käfig war Jef den ganzen lieben, langen Tag in seinem Café eingesperrt und langweilte sich. Er aber langweilte sich nie.

Er lebte nach innen hin, genau wie Monsieur Philippe, den er gern wieder gesehen hätte, schon allein um sicherzugehen, dass es für ihn dasselbe war. Er genügte sich selbst. Er wanderte durch die Straßen, aber zugleich war er anderswo, zogen eine Menge Bilder und Gedanken durch seinen Kopf, denen er ihren festen Platz zuwies.

»Hier hast du den Brief … Morgen um neun … Zieh dich sauber an …«

»Danke.«

»Keine Ursache.«

Als er eines Abends aus den Grünanlagen zurückkam, hatte das große Ereignis stattgefunden. Man hatte ihn nicht davon in Kenntnis gesetzt. Wie gewöhnlich war er am Morgen aufgebrochen, hatte das in ein Wachstuch eingewickelte Mittagsbrot eingesteckt.

Er war für den Dom des Schweigens zuständig, wo Monti ihm gesagt hatte:

»Sie ist bereit, mit dir nach Frankreich zurückzukehren …«

Je nach Windrichtung brachen sich die Wellen am Strand oder versickerten leise im Sand. Hier gab es Alleen mit Bänken, Beete mit gelben und roten Blumen. Ein Teil der Anlage war den Schulkindern vorbehalten, den kleinen schwarzen Jungen und Mädchen, die sich auf Schaukeln und Rutschbahnen vergnügen durften.

In einiger Entfernung erhob sich das Washington Hotel mit seinem Park, den eleganten, schneeweiß gekleideten Kunden.

Je nach anfallender Arbeit holte Dupuche sechs, zehn oder zwölf Sträflinge ab. Sie trugen normale Straßenkleidung. Sie waren Neger oder Mestizen und trotteten, mit Besen und Schaufeln bewaffnet, vor ihm her.

Sie traten aus dem Schatten in die Sonne, um Papierschnitzel, Bananenschalen, von den Bäumen gefallene Kokosnüsse aufzulesen, oder aber sie fuhren halbherzig mit der Harke über die Wege.

Linker Hand duckten sich, vom Bahnhof verdeckt, die drei oder vier Fischerhütten, und mitunter wanderte Dupuche zu ihnen, denn er wusste, dass die Sträflinge keine Lust hatten zu fliehen. Was hätte er auch machen sollen? Er war ja nicht einmal bewaffnet.

Er setzte sich auf eine Bank, sah den spielenden Kindern zu.

Seine Mutter hatte ihm einen grässlichen Brief geschrieben. Darin stand, dass sie sterben würde, ohne ihn wiedergesehen zu haben, und jede seiner Tanten, die sich um sie geschart hatten, hatte eine bissige Bemerkung hinzugesetzt, um dem pflichtvergessenen Sohn die Leviten zu lesen.

Als er an jenem Abend heimkam, ließen ihn die ungewohnten Geräusche im Haus aufhorchen. Er rannte die Treppe hinauf, und als er ins Zimmer trat, fand er dort eine ganze Schar ihm unbekannter Matronen vor. Unter ihnen war Mama Cosmos. Sie hielt ihm ein kleines Wesen mit weichen Beinen, einen kleinen braunen Körper entgegen, den sie ihm in den Arm legte.

Auf dem Tisch häuften sich Handtücher und Wäsche-
stücke, außerdem alles mögliche Backwerk. Da stand
sogar eine Flasche Rotwein mit ein paar kleinen Gläsern.

Véronique aber lag auf der Seite, mit einem Auge den
Blick auf ihn gerichtet, voller Angst, was er nun sagen
würde.

Was hätte er schon sagen sollen? Er freute sich, das war
alles. Der Kleine war hübsch, hatte eine glatte Haut wie
seine Mutter. Die Matronen beobachteten ihn respektvoll
und gerührt. Er wusste nicht, was er mit dem Säugling
machen sollte, den er neben Véronique aufs Bett legte.

»Bist du glücklich, Puche?«

»Aber ja! Aber ja!«

Nach kurzem Nachdenken fügte er hinzu:

»Nächste Woche heiraten wir.«

Während ihrer Schwangerschaft wäre eine Hochzeit lächerlich gewesen. Aber seit seinem Aufenthalt im
Krankenhaus, das sie nie hatte betreten dürfen, dachte er
darüber nach. Es war besser, die Dinge zu regeln.

Die schwarzen Frauen betrachteten ihn verzückt.
Mama Cosmos reichte ihm ein Glas Wein.

Während er trank, wären ihm beinahe die Tränen gekommen. Die Kehle war ihm wie zugeschnürt. Er dachte
an zu vieles auf einmal, an seine sterbende Mutter, die
jetzt vielleicht schon tot im Zimmer lag, umringt von den
Tanten, die den Matronen hier glichen; an den Leichenzug, der denselben Weg einschlagen würde wie bei der
Beerdigung seines Vaters, als er, ein fünfzehnjähriger Junge, alle Blumen in das Grab werfen wollte; an jenen Tag,
als er noch ein kleiner Bub war und von seinem Fenster

aus die Maurer bei der Arbeit an einem im Bau befind-
lichen Haus beobachtete; an ...

Aber an Germaine dachte er nicht. Nein! An sie nicht!
Er las nicht einmal die Zeitungen, aus denen er hätte
erfahren können, zu welchem Zeitpunkt sie Christian
heiraten würde und wann sie ihre Hochzeitsreise nach
Europa antraten.

Und jetzt weinte er doch! Wie sehr er auch dagegen
angekämpft hatte, er hatte nicht verhindern können, dass
zwei Tränen unter seinen Lidern hervorquollen, und er
wusste nicht, wohin er seine Augen richten sollte.

»Puche! ...«, rief Véronique ihm vom Bett aus zu.

Er lächelte sie geistesabwesend an. Das war's nicht! Sie
konnte das nicht begreifen. Er weinte aus Gründen, die
nur ihn selbst betrafen. Er war glücklich aus Gründen,
die nur ihn selbst etwas angingen und die er niemandem
hätte anvertrauen können, außer vielleicht Monsieur
Philippe ...

»Puche! ... Mama will ihn Napoleon nennen ...«

Und die Mama strahlte vor Stolz über ihren glücklichen Einfall.

»Warum nicht?«, murmelte er und goss sich ein zweites Glas Rotwein ein.

Ach was! Es war schon gut so! Jetzt wurde es Zeit, auf
einen Sprung in den Keller zu gehen, wo er, auf einer
Whisky-Kiste sitzend, seine drei, vier, vielleicht sogar
fünf Gläser Chicha trinken würde, denn heute war ein
besonderer, ein herrlicher Tag, und den musste man in
der Einsamkeit des Geistes, in der seligen Erschlaffung
des Körpers in vollen Zügen auskosten.

Dupuche starb zehn Jahre später an einer akuten Harn-
blutung. Er hatte seinen Wunschtraum verwirklicht: das
Leben in einer der Hütten am Meer, gleich hinter dem
Bahnhof, inmitten von wucherndem Unkraut und Abfäl-
len. Er hatte sechs Kinder, von denen drei ganz schwarz
und zwei Mestizen waren, während das jüngste eine fast
weiße Haut hatte und nur eine bläuliche Verfärbung der
Fingernägel seine Abkunft verriet.

Der Leichenzug wurde von Véronique Dupuche an-
geführt, in tiefer Trauer, an ihrer Seite schritt nur ihre
Mama, denn Papa Cosmos war inzwischen gestorben.

Germaine und Christian waren eigens aus Panama gekommen und folgten dem Trauerzug in einem Taxi.

Der ältere Monti überreichte Véronique einen Um-
schlag, der fünfzig Dollar enthielt.

Während des Totenamtes spielten Jef und die Zuhälter
eine Partie Belote, und Lili stand gerade rechtzeitig auf,
um bei der Aussegnung zugegen zu sein.

Noch am selben Abend eröffnete der kleine Jude, der
sich schon um Dupuche gekümmert hatte, Véronique,
dass sie in Frankreich, in einem Vorort von Amiens, ein
einstöckiges Haus geerbt hatte, Balkon und Sockel in
Naturstein.

Ingrannes (Loiret), Kloster La Cour-Dieu, 1935

Michael Kleeberg
Traurige Tropen

Wann immer es unter Literaturliebhabern um die Frage nach dem emblematischen oder dem größten (Prosa-)Schriftsteller des 20. Jahrhunderts geht, darf man sich auf endlose Streitereien und Diskussionen freuen. Joyce oder Proust – darauf scheint sich die internationale Gemeinde geeinigt zu haben. Wer das Glück hat, des Deutschen mächtig zu sein, wird zu diesen beiden oder sogar noch vor sie Thomas Mann stellen. Originelle Eskapisten beharren auf Nabokov. Wer Albert Cohen nennt, outet sich als hoffnungsloser Frankophiler. Virginia Woolf hat nach wie vor ihre Bewunderer, ähnlich wie Marguerite Yourcenar. Lächerlich macht sich, zu Unrecht wohlgemerkt, der eine Lanze für Joseph Conrad bricht, dessen Renommee offenbar nachgelassen hat. Avantgardisten schwören auf Thomas Pynchon oder Claude Simon, und der nach wie vor unter ferner liefen rangierende Orient könnte Nagib Mahfuz oder Mahmud Doulatabadi ins Feld führen. Eine große Minderheit wird all diese Namen zugunsten eines anderen beiseite wischen: Franz Kafka. Und dann gibt es natürlich noch die jeweiligen Landeschampions, die allerdings außerhalb ihres eigenen Sprachraums wenig Chancen auf ein Mehrheitsvotum haben. Bei uns wären da vor allem Musil und Döblin zu nennen.

Wenn sich aber der Vorhang vor den ratlosen Disputanten geschlossen hat, tut man als Leser gut daran, in die nächste Bahnhofsbuchhandlung zu gehen und sich ein x-beliebiges Buch von Georges Simenon zu kaufen.

Nicht nur garantiert man sich mit einem der 192 Romane des großen Belgiers ein paar Stunden ebenso sicheren wie jeweils wieder überraschenden Lesevergnügens, vermutlich beantwortet man auch implizit die obige Frage auf elegante Weise.

Denn wenn der emblematische Schriftsteller nicht derjenige ist, der neue elysische Felder der Sprache beackert, sondern derjenige, der seiner Epoche ein bleibendes Gesicht verleiht, der den Nachgeborenen vermittelt, was die Menschen seiner Zeit zu durchleiden und durchleben hatten und was die Antriebskräfte und Konflikte des Zeitalters waren, dann müsste man (so wie fürs 19. Jahrhundert Balzac) fürs 20. Jahrhundert – oder wenigstens seine lange erste Hälfte – den 1903 in Lüttich geborenen vermeintlichen Unterhaltungs- und Trivialautor Georges Simenon nennen. Den Vater unzähliger Romangestalten, darunter der legendäre Kommissar Maigret, den Mann, dem kein soziales Milieu, keine Seelenregung, keine Leidenschaft, kein menschlicher Abgrund fremd waren, der sie alle ausgelotet hat, sine ira et studio, wie es so schön heißt, mit der ganzen kalten »impassibilité« Flauberts und zugleich mit einer immer wachen warmen Zuneigung für die kleinen Leute, die Opfer der Geschichte.

Die Superlative, die sich um das Leben und die literarische Produktion Simenons ranken, sind zahllos. Seine fast 200 Romane und 158 Erzählungen, dazu kommen noch zahlreiche unter Pseudonym erschienene Texte, sowie autobiografische Werke, haben sich weltweit mehr als eine halbe Milliarde mal verkauft, sind in mehr als 55 Sprachen übersetzt, und mehr als 50 Filme und Hunderte Episoden von TV-Serien wurden nach ihnen gedreht. Der Mann, der an einem Freitag dem 13. in sehr kleinbürgerlichen Verhältnissen geboren und später zum Schlossherrn und internationalen Jetsetter wurde, um 86-jährig in Lausanne in einem bescheidenen Häuschen, nicht unähnlich dem, aus dem er kam, zu sterben, war stolz darauf, kaum je mehr als eine Woche an einem Roman zu schreiben.

Noch 1958, als sein Weltruhm keinem Zweifel mehr unterliegen konnte, als die Zeiten, in denen ihn die Literaturkritik nur mit der Feuerzange anfasste und Anerkennung nur von wenigen Schriftstellerkollegen kam, die ihn bewunderten, wie Hemingway oder Gide (der kunstvoll-künstlich, wie er war, jeden Vollbluterzähler bewunderte), lang vorüber waren, sagte er über sich:

»Ich schreibe lieber Romane, als dass ich versuche zu erklären, was ich tue. Ich bin kein Kopfmensch, eher das Gegenteil. Ich versuche nur, die Wahrheit beim Wickel zu kriegen. Und ich spüre, dass ich noch weit davon bin, dem Menschen wirklich auf den Grund gegangen zu sein. Wenn man in einen Zahn reinbohrt, dann tut es solange nicht weh, bis man auf den Nerv trifft. Ich will bis zum Nerv kommen. Aber da muss ich noch ein Stück tiefer bohren.«

Er hat tiefer gebohrt als die meisten.

Natürlich ist Simenons Werk – und er selbst war nie mit sich zufrieden, oft hat ihn der Ehrgeiz gepackt, nun doch ein »großes« Buch zu schreiben, vor dem die Kritik einstimmig auf die Knie sinkt – natürlich ist dieses Werk nicht einheitlich. Es gibt Romane, die abfallen, und Klischees und Konventionelles. Aber bitte sehr, auch das Leben schreibt nicht nur gute Drehbücher, und Gott, mit dem man Simenon, was die Schöpferkraft angeht, durchaus vergleichen kann, hatte ebenfalls seine schwächeren Momente (die Tse-Tse-Fliege zum Beispiel oder die Gallenblase).

Die Frage, die viel schwieriger zu beantworten ist als die nach Simenons Rang, ist die, welcher seiner Romane welchem seiner Leser wann ans Herz zu legen wäre. Es gibt ja mindestens einen eigenen für jede Lebenssituation, jede Geschlechterkonstellation, jedes Trauma, jede Furcht, jeden Absturz, jede Verzweiflung und jede Hoffnung, und wer auf der Suche nach einer Lektüre ist, die zu seiner gegenwärtigen Existenz passt, wird bei Simenon immer fündig.

Und so sollte es kaum verwundern, dass der belgische Magier auch im heute aus vielerlei Gründen aus der Welt verschwundenen Genre des Kolonialromans brilliert hat.

Was verstehe ich unter diesem Begriff? Es ist eine Literaturgattung der Epoche der großen imperialistischen und kolonialistischen Reiche gewesen, in der zunächst die zivilisatorische Überlegenheit des weißen Mannes im Konflikt mit den »Naturvölkern«, den »Eingeborenen« gefeiert wird. Es ist das große Reich der Exotik, das die Literatur einer an fernen Welten und ihren Sitten interessierten Leserschaft aufschloss. Sehr bald aber schon, und noch vor dem faktischen Ende der Kolonialzeit, mischt sich ein anderer Ton in diese Literatur, und dem verdankt sie ihre besten, auch heute noch lesenswerten Texte: Schon seit dem Ende des 19. Jahrhunderts, seit Nietzsche, schleicht sich das Bewusstsein von der Dekadenz des Westens in die Literatur, das taedium vitae des Europäers wird zum Thema, die »Neurasthenie« zur Modekrankheit. Nach dem Ersten Weltkrieg ist die Selbstgewissheit Europas endgültig erschüttert, und ein neuer Topos dringt in die Kolonialliteratur vor: der Absturz des Europäers in den Tropen, Geschichten vom unfreiwilligen oder freiwilligen Versumpfen, vom schicksalhaften oder gesuchten Ablegen der »Bürde des weißen Mannes«.

Man denkt dabei sofort an die Erzählungen Somerset Maughams oder Romane Graham Greenes wie *Der stille Amerikaner*, aber Georges Simenon wäre nicht Georges Simenon gewesen, großer Reisender und Erkunder menschlicher Abgründe, immer brennend interessiert an gesellschaftlichen Tabus und ihren Brüchen, hätte er sich dieses Themas nicht auch angenommen, und zwar im vorliegenden Roman.

Der Roman *Die Schwarze von Panama* gehört zu Simenons Frühwerk und ist einer seiner weniger bekannten. Bevor ich versuche, ihn näher zu beschreiben und zu würdigen, empfiehlt es sich aber, eine Warnung auszusprechen: Wie schon sein Originaltitel *Quartier Nègre* andeutet, zu deutsch »Negerviertel« oder krasser und genauer im Duktus der Epoche seiner Entstehungszeit, den dreißiger Jahren: »Niggerviertel«, wie also schon der Titel deutlich macht, ist dieses Buch nichts für Jakobiner der political correctness. Es gehört ganz dezidiert nicht in die Hände derer, die aus hehren antikolonialistischen, antirassistischen, profeministischen und anderen Gründen die Vergangenheit und die Geschichtsbücher umschreiben und die Romane früherer Zeiten reinigen wollen von allem, was nicht ihrer zeitgenössischen Überzeugung von Multikulturalismus und Gendergerechtigkeit entspricht.

Denn, machen wir uns nichts vor: Andernfalls bliebe nämlich nicht viel übrig von diesem Roman. Dabei ist *Die Schwarze von*

Panama auf seine Weise durchaus ein antikolonialistisches, anti-rassistisches und profeministisches Buch, aber es ist eben auch ein Zeitdokument, seiner Zeit verhaftet, seine Zeit beschreibend.

Das frischgebackene Ehepaar Dupuche, Joseph und Germaine, kommt in Panama an, wo der gutbürgerliche junge Ingenieur aus dem Städtchen Amiens – also dem Inbegriff von sittensteifer französischer Provinzialität – die Leitung einer Mine übernehmen soll, da widerfährt ihm die größte vorstellbare Katastrophe: 12 000 Kilometer von zu Hause entfernt, erfährt Dupuche auf der Bank, wo er den Kreditbrief seines Arbeitgebers einlösen will, dass dieser pleitegegangen ist. Dupuche ist mittellos, arbeitslos, nicht in der Lage, nach Hause zurückzukehren, und natürlich sind beide zutiefst schockiert. Das ist die vielversprechende Ausgangslage: Die Tropen strecken ihre Lianen aus, in denen die Protagonisten sich bald verfangen werden, in Form von Hitze, Alkohol und einigen fragwürdigen Gestalten, von denen man nicht weiß: Wollen sie dem unschuldigen, hilflosen und naiven weißen Pärchen helfen, oder wollen sie es ins Verderben stürzen?

Diese Konstellation: der Europäer mitsamt seinen Prinzipien und seinem Moralkorsett verloren in der Exotik der Tropen – Joseph Conrad hätte daraus vielleicht eine Geschichte von ethischem Versagen und Sühne gemacht, Somerset Maugham eine von Korruption und Bewährung, Graham Greene eine von Zynismus und Erlösung.

Was aber tut Georges Simenon? Er schreibt eine Geschichte des mehr oder minder ungerührten, vor allem aber des völlig unerklärten freiwilligen Versumpfens.

Während sich seine Frau Germaine über Wasser hält und mit Hilfe von Bekannten sich sogar aus dem Sumpf der Mittellosigkeit zieht und – ganz Pionierin an den Grenzen der Zivilisation – eine neue Existenz aufbaut, lässt sich der so (klein)bürgerliche Joseph einfach gehen und verlottert zusehends, ohne eine einzige Willensanstrengung zu unternehmen. Und das Schlimmste: Er lässt sich mit den Schwarzen ein, noch schlimmer: Er nimmt sich eine schwarze Geliebte. Am allerschlimmsten: Sie ist minderjährig. Er ergibt sich dem Alkohol und jobbt als Hilfsarbeiter. Der GAU für einen Europäer! Was für ein Beispiel er nur gibt!

Und das ist das Raffinierte an dem Buch: Ständig fragt man sich, ob Dupuche sich noch einmal zusammenreißt, und merkt, zunehmend verdattert, dass er gar kein Interesse daran hat, sich zu retten im westlich bürgerlichen Sinne. Das macht einen doppelt fertig als Leser.

Scott Fitzgerald schrieb sich einmal ins Stammbuch: »Character is action«, sprich, die Handlungen einer Romangestalt erzählen mehr über sie als lange Charakterisierungen. Er wäre an diesem Buch Simenons verzweifelt, denn hier ist es nicht Action, sondern die absolute Indolenz, die den Helden Dupuche auszeichnet. Er versinkt einfach. Aber während man ihm dabei zusieht, versinken einem selbst alle Gewissheiten darüber, ob die Rettung, die er in den Wind zu schlagen scheint, all die verlogenen Konventionen eines bürgerlichen Erfolgs, denn tatsächlich erstrebenswert wären. Und das ist das wahre Skandalon des Buches.

Ja, ich fürchte, man kann zum Schluss, Albert Camus paraphrasierend, nicht anders als leicht schaudernd konstatieren: Wir müssen uns diesen Joseph Dupuche als einen glücklichen Menschen vorstellen.

Die große Simenon-Taschenbuch-Edition bei Atlantik

Freuen Sie sich auf viele weitere Bände! #monsimenon

MAIGRET
Band M29

Georges Simenon
Maigret und sein Toter
Aus dem Französischen von Hansjürgen Wille,
Barbara Klau und Sophia Marzolff
Mit einem Nachwort von Gert Heidenreich
ISBN 978-3-455-00732-9

Eine alte Dame, die glaubt, man wolle sie vergiften, ein anonymer
Anrufer, der sich von Unbekannten verfolgt fühlt. Es gibt diese
Tage, an denen die Verrückten gleich serienweise auftreten. Aber
ist der Anrufer wirklich verrückt? Wieder und wieder meldet sich
der Mann bei Maigret – bis plötzlich Stille herrscht. Noch in derselben Nacht wird auf der Place de la Concorde seine Leiche gefunden. Und es bleibt nicht bei diesem einen Toten …

»Maigret zu lesen hat etwas Beruhigendes: Man betritt eine
vertraute Welt, die, weil sie in den Büchern enthalten ist, immer
zur Verfügung steht … Von Geschichten über diesen Mann
kann ich nie genug kriegen.«
Axel Hacke

DIE GROSSEN ROMANE
Band 102

Georges Simenon
Das blaue Zimmer
Aus dem Französischen von Hansjürgen Wille,
Barbara Klau und Mirjam Madlung
Mit einem Nachwort von John Banville
ISBN 978-3-455-00786-2

Im »blauen Zimmer« gibt es keine Regeln, die Leidenschaft kennt keine Grenzen. Seit einem Jahr treffen sich Tony und Andrée in einem Hotel in der Nähe von Poitiers. Sie sind verheiratet, aber nicht miteinander. Bald schon verwandelt sich die Affäre in einen Albtraum. Ein ungemein eindringlicher Roman, der fast schmerzhaft unter die Haut geht. 2014 von Mathieu Amalric verfilmt.

»Von allem überflüssigen Ballast befreit ...
Ein Triumph des realistischen Erzählens.«
John Banville

DIE GROSSEN ROMANE
Band 5

Georges Simenon
Das Haus am Kanal
Deutsch von Ursula Vogel
Mit einem Nachwort von Karl-Heinz Ott
ISBN 978-3-455-00687-2

Die sechzehnjährige Edmée zieht nach dem Tod des Vaters zu
ihren Verwandten in die flämische Provinz. Schnell stellt sich
heraus, dass das verwöhnte Mädchen aus der Stadt andere Vorstellungen vom Leben hat als die konservativen Familienangehörigen.
Zudem erliegen gleich zwei ihrer Cousins ihren Reizen. Als Edmée sich für einen von ihnen entscheidet, ahnt sie nicht, welch
brutale Folgen dies nach sich zieht.

»Was für eine unheimliche Atmosphäre, was für ein Schicksal,
das sich wie in einem Schwarzweißfilm mit seltenen
artifiziellen Farbtupfern vor uns entwickelt.«
Franz Schuh, *Die Zeit*